妄想LIVE!!

佐々木 よう

THE CONTENTS

The 1st Stage「MAKE YOU MINE」

ここは、アメリカ。とある都市のしゃれた白い一軒の家に、長身でたくましい若い男と、エンジェルが遊びに来たのかと見まちがうようなかわいい少女が、どこからかやって来てくらしている。

彼らは今、クリスマスツリーの飾りつけの最中だった。

今世紀も残すところあと数年、１９９０年代はじめの頃のある年の暮であった。

「ねえＭＩＫＩＴＯ？　やっぱりお星さまはてっぺんよね？」

少女が大きなツリーを見あげて口を開いた。小さな白い顔に、えくぼが二つできていっそう可愛らしい。

「ツリーがデカすぎて俺にも届かない。Ｌｏｖｅｒを肩車してやるから、お前がつけろ」

「ＭＩＫＩＴＯ」と呼ばれた青年は、二十歳をいくつか越えたぐらいだろうか？キリッとした端正な顔立ち、すばらしく均整のとれたたくましい体つき、どこから見てもカッコいい、ちょっとこわそうな雰囲気の男前だ。

彼が「Ｌｏｖｅｒ」と言ったその少女は、年の離れた妹のようだが、彼らはヘヴィメタルのヴォーカリストと、同じくギタリストであり、恋人同士でもあった。

「肩車？　でも、スカートが」

彼女は丈の短いハイウエストの白いワンピースを着ている。まるでクリスマスイヴに空から遣わされた天使のようだ。

ＭＩＫＩＴＯはちょっと微笑んで、左手を胸の辺りにあげ、誓いのポーズをした。

「スカートの中なんて見ないよ」

クスクス笑いながら目を閉じて誓った。

「ほんとう？　でもぉ」

結局、移動中の仮眠に使うアイマスクを彼がつけて、肩車をしてやることになった。

「もうちょっと右のほう、ちがうわ、そっちじゃないの」

目隠しをされてバランスをとるのは難しい。とうとう誓いを破ってＭＩＫＩＴＯはアイマスクをはずした。そして、

「やあ、かわいい太ももだなあ！」

と言ってキスをしたので、悲鳴をあげてＬｏｖｅｒは肩から落ちてしまった。

「ナイスキャッチ！」

ＭＩＫＩＴＯは彼女を腕に抱き、耳元にささやいた。

「Ｌｏｖｅｒのパンツは真っし」

真っ赤になって、彼女はかわいい手のひらで彼の口をふさいだ。

「ひどいわ、見ないって約束したのに」

ＭＩＫＩＴＯは、その端正な顔を、やさしい、やさしい笑顔に変えてＬｏｖｅｒに頬ずりし、

「Ｌｏｖｅｒは俺のかわいい人」

と、いつもの歌を歌いはじめた。

Ｌｏｖｅｒは俺のかわいい人
Ｌｏｖｅｒは目がかわいい
鼻もかわいい
でも、いちばんかわいいのはその唇
口づけしたらとけてしまいそう
Ｌｏｖｅｒは俺のいとしい人

ＭＩＫＩＴＯは命懸けでＬｏｖｅｒのことを愛していた。

さて、すっかり飾りつけられたテラスルームでは、どこの家庭でも今夜、歌われるだろうクリスマスソングや賛美歌を、今日はＭＩＫＩＴＯがギターを弾いて、Ｌｏｖｅｒが歌った。可愛らしい唇で神を讃える歌を歌う彼女は、本物の天使のようだ。

男が女を愛しているか、女を見つめる男の目を見ればいい。

ＭＩＫＩＴＯは、賛美歌を歌うＬｏｖｅｒを、ギターを弾く手を止めてながめていた。

このまま時が止まればいいと思った。

「わあ、サンタの登場だ！」

かわいいＬｏｖｅｒが無邪気に喜んだ。長身のサンタクロースはもちろん彼女の恋人のＭＩＫＩＴＯである。

「さあ、かわいい子にはプレゼントをあげよう」

サンタはきれいにラッピングされた箱を手渡した。

「何かな？　何かな？」

ワクワクして少女が勢いよく箱から取り出したものは、イタリア製の真っ赤な特大のブラジャーだった！

円らな瞳をさらにまるくして驚く彼女に、ＭＩＫＩＴＯは、

「あれ？　店の人がサイズを間違えたかな？　どれどれ？」

と言って、いきなりＬｏｖｅｒの後ろから彼女のかわいい胸を両手でつかんだ。いたずらっぽく笑うＭＩＫＩＴＯの厚い胸を、Ｌｏｖｅｒはぽかぽかとたたいた。かわいいＬｏｖｅｒの攻撃を、それこそ眩しい太陽に手をかざし、目を細めてながめるように、やさしい笑顔で受けとめていた彼は、

「冗談だよ。ほんとうの贈り物はこれさ」

と言って、青いオカリナを差し出した。

Ｌｏｖｅｒは素直に受けとって、目を閉じ、息を吹き込んだ。彼女が奏でるやさしい音色にＭＩＫＩＴＯは全身で幸せを感じていた。

（このままずっと一緒にいられたら）

彼女が目を開けたところで、

「そういえば、Ｌｏｖｅｒのプレゼントは？」

たびたびおそわれる不安をとり払うかのように、ＭＩＫＩＴＯはわざと明るく言った。


「おかしいわね。ここに置いたはずなのに」

Ｌｏｖｅｒは彼女のものが置いてある部屋で、ＭＩＫＩＴＯへのクリスマスプレゼントを探していた。ずいぶん前から準備していたはずの贈り物がない。いろんなお気に入りの小物がいっぱい入っているピンクの箱もひっくり返してみた。

「ジェイにミッキー・ロール。イヴァンに、ノエル。ノエル、ごめんなさいね。以前はあなたが最高だと思っていたけど、今はＭＩＫＩＴＯが大好きなのよ」

ノエル・ワーグマンのジャケットに向かってひとり言を言いながら、偉大なアーティストたちのＣＤを、一枚一枚トランプを配るように投げては確かめた。

「困ったわ。どうしよう？」

Ｌｏｖｅｒはふと、鏡に映る自分の姿に目を留めた。さっき、特大ブラジャーのラッピングに使われていた赤いリボンがそこにあった。

彼女は、何か大事なことを決心したかのように、厳かにそのリボンを、自分のふんわりとした髪にあて、頭の上で結んだ。鏡を見ながら赤いルージュを少しだけ、かわいい唇につけた。

「ＭＩＫＩＴＯは気に入ってくれるかしら？」

幼い少女は真剣だった。


テラスに戻ると、ソファーで寝転んで待っていたＭＩＫＩＴＯが、

「俺へのプレゼント、お前、すっかり忘れてたんだろ？」

わざとすねたような瞳で彼女を見て笑い、体を起こした。

Ｌｏｖｅｒは何も言わずにソファーにやって来て、そっとＭＩＫＩＴＯのひざの上に、横向きにちょこんと乗った。そしてリボンのついた頭を少しだけ、彼の方に傾げた。

ＭＩＫＩＴＯにはＬｏｖｅｒが何をしたいのか、最初はわからなかったが、彼女

がうつむいて緊張しているのを感じると、慈しむような目をして微笑んだ。だが、

「そうか。俺への贈り物はＬｏｖｅｒなんだな？　それじゃあ中身を拝見といこうか？」

と、真面目なふりをして言った。

　Ｌｏｖｅｒはさらに緊張した。

「まずは、リボンをほどかなきゃな。それから包んであるものをはがさないと」

　ひょっとすると、彼は途中までは真剣だったのかも知れない。本当に、髪のリボンをそっとほどいた。そしてちょっと彼女の胸元をのぞくふりをして、

「Ｌｏｖｅｒ、残念だけどムリだ。このブラジャーがぴったりにならないと受けとれないよ」

と、後ろからさっきのブラジャーを彼女の胸にあててみせた。

　それから、あどけない彼女の健気な勇気と献身に感謝して、ＭＩＫＩＴＯは額にやさしい、やさしいキスをした。そして、

「さあさあ、クリスマスにはケーキを食べなくっちゃね」

　もしもうっかり見てしまったら、心まで挟みこまれそうな必殺ウィンクをして

みせた。

ＭＩＫＩＴＯがキッチンに行ってしまうと、Ｌｏｖｅｒは大きなため息をつい
て、その特大ブラジャーを手にとった。自分の胸にあてて、彼女は、

「たしかに大きいわわね。顔ならぴったりなんだけれど」

左右どちらのカップにもかわいい顔をつっこんでみた。

そのうち、ＭＩＫＩＴＯがキッチンから、

「Ｌｏｖｅｒの大好きないちごのケーキだぞ！」

と、呼ぶ声が聞こえて、

「わーい！」

と、いつもの無邪気な少女に戻り、特大ブラジャーをぶるんぶるんと振り回して
どこかへ飛ばし、自分も彼の待つキッチンに飛んで行った。

キッチンに入って冷蔵庫にもたれたＭＩＫＩＴＯは、激しい動悸がするのを必
死でこらえていた。

Ｌｏｖｅｒは俺の愛に応えようとしてくれている。だけど、あいつは俺を愛したらだめなんだ。

堕天使の烙印を押されて、二度と空に帰れなくなる。

Ｌｏｖｅｒは、本物の天使だった。

Ｌｏｖｅｒがキッチンにやって来た。ＭＩＫＩＴＯは何でもないような顔をとりつくろって、

「さあ、その前に」

円錐形の細長いものを二つ、取り出した。パーティー用のカラフルなとんがり帽だった。

「はい、Ｌｏｖｅｒ。まるで幼稚園みたいだな」

長身の体を思いっきりかがめて、ていねいに帽子をかぶせてやった。可愛らしいことこの上ない。

さっきまで辛かったＭＩＫＩＴＯはまた、やさしい、やさしい笑顔になった。

すると、Ｌｏｖｅｒも片方の帽子をとって、かがんでいたＭＩＫＩＴＯの頭にのせた。この時、彼は、彼女があごにゴムひもをかけようとモタモタしているのに気付かず、すっと立ちあがってしまったので、伸びたゴムが跳ねてＭＩＫＩＴＯの鼻の辺りを直撃してしまった。

「ああ、もうだめだっ！　ヴォーカリストの顔が腫れては、明日のクリスマスコンサートのステージには立てない！」

ＭＩＫＩＴＯは大きな手で顔を覆ってしゃがみこんだ。Ｌｏｖｅｒはびっくりして、

「まあ、どうしましょう？　ＭＩＫＩＴＯごめんなさいね、ごめんなさいね」

と、うろたえた。

指の間からその様子を見ていたいたずら好きの青年は、

「Ｌｏｖｅｒは悪い子だから、お仕置きをしないとな！」

立ちあがりざまに、Ｌｏｖｅｒを肩にかついで持ちあげた。もちろん、ＭＩＫＩＴＯの演技である。

二つ折りにかつがれた小さなＬｏｖｅｒは、なすすべがない。足をバタバタさ

せている。

「まずは、お尻ペンペンだっ！」

「あっ、やっぱりＬｏｖｅｒのパンツは真っ白だったんだな？」

と、やりたい放題だ。

「おろして！　おろして！」

Ｌｏｖｅｒが叫ぶが、

「いやだ！　お前は俺のものだから、俺の好きなようにする！　はっはっは！」

わざと不気味な笑い声をたてて、彼らの部屋に連れ去った。


ここは、Ｌｏｖｅｒが「抱っこの部屋」と呼んでいる。この部屋には、作り付けのサイドボードと大きなミラー、それとチェアが一脚あるだけだ。Ｌｏｖｅｒが眠りにつく前に、ＭＩＫＩＴＯが胸に抱いて甘やかしてやる。その日にあったことや、彼らのパフォーマンスのこと、そして未来のことを、誰にも邪魔されずにくっついて話すのだ。二人はそうやって語り合ってきた。

ＭＩＫＩＴＯは壁際のサイドボードの上にＬｏｖｅｒをおろし、

「さて、次のお仕置きは、これだっ！　Ｌｏｖｅｒ、覚悟しろっ！」

と、思いっきり彼女の体をくすぐった。

「きゃはははっ！」

無邪気なＬｏｖｅｒは大きな笑い声をあげた。身をよじって、まるで小さな子どもみたいだ。

ＭＩＫＩＴＯが、

「これでもかっ！　これでもかっ！」

と、悪乗りしはじめた。

とうとう彼女の両手をまとめあげて、強い彼の片方の腕で力ずくで押さえつけ、バタつく足をひざで広げて、そのまま動けないようにした。

Ｌｏｖｅｒが笑わなくなって、ＭＩＫＩＴＯはハッとした。

サイドボードの向かい側に貼られた大きなレッスン用のミラーが、今の二人の姿を映し出している。

ＭＩＫＩＴＯは少しの間、壁に手をあて額を押しつけていたが、気をとり直してＬｏｖｅｒをやさしく抱きあげた。彼は熱く、熱くなった胸に彼女を抱いて、

「Ｌｏｖｅｒが笑わなくなった。疲れちゃったの？」

目を閉じて言った。

（ごめんよ、Ｌｏｖｅｒ。お前にはまだ早すぎるな）

彼女の頭を大きな手でそっと自分の胸に押しつけた。

やがて、うつろな目をしてＬｏｖｅｒが口を開いた。

「Ｌｏｖｅｒね、なんだか変だったの。変な気持ちだったの」

そう言って、彼の熱い胸に顔をうずめて甘えた。

Ｌｏｖｅｒの唇が愛をねだってそっと触れたのを感じた。

ＭＩＫＩＴＯは、かわいいＬｏｖｅｒに、自分を受け入れる準備ができていることを知って戸惑った。

しばらく二人は、黙って抱き、黙って抱かれていたが、ＭＩＫＩＴＯがいつもの声で、

「ねえＬｏｖｅｒ？　俺たち、ケーキを忘れてない？　いっぱい食べて早くボインになってね」

と笑った。

Ｌｏｖｅｒはすっかりご機嫌になって、

「ＭＩＫＩＴＯはボインが好きなのね」

わずかにみせた女の顔から、いつもの愛くるしい笑顔にもどって言った。

ＭＩＫＩＴＯはほっとして、

「いいや？　ＭＩＫＩＴＯはボインが、す、ご、く、好き」

と、言い直した。


ＭＩＫＩＴＯがクリスマスケーキのロウソクに火をともした。明かりを消して、愛する人の瞳に映る小さな炎を見つめ合った。ロウソクの灯による光と影が、キリッとした男の顔立ちを、さらに鋭く浮かびあがらせている。

この時、たった今俺は夢を見ているのかも知れない、とＭＩＫＩＴＯは思いにふけった。


幸せなのか？　ときかれたら、そうだと答えよう。辛いのか？　と言われても、そうだとしか答えられない。

明日、もし彼女が自分の前から姿を消していたら？

この街を、この国を、一軒一軒探して歩いても、もう見つからないだろう。どれだけ有名になって、世界中に名が知れ渡ったところで、彼女は自分を訪ねて来ないだろう。

Ｌｏｖｅｒが空に帰ったら、ここでのことはすべて忘れる。ＭＩＫＩＴＯのことも、彼らの音楽も、二人の間で育んできたこの美しい愛ですら。

彼の視界がぼやけて、目に映るいとしい彼女の顔がにじんできた。

目の前にいるこのかわいい少女は誰だろう？　大きなケーキに心を奪われている。すべてを忘れてしまっても、もう一度出会えたなら、また恋に落ちそうだな。

そんなことを考えたら、胸がしめつけられる思いがした。

勇ましい俺はたえられるだろうか？　強い自分を保てるのだろうか？

「Ｌｏｖｅｒ。早くロウソクの火を吹き消して、明かりをつけてくれよ」

（怖いんだ、今にもお前がいなくなりそうで）

ロウソクの小さな炎が、こんなに目にしみたのは初めてだった。

「Ｌｏｖｅｒ。あーんして」

ＭＩＫＩＴＯはわざと、大きすぎるケーキのかたまりを、Ｌｏｖｅｒの可愛らしい口につっこんだ。口のまわりをクリームだらけにしてケーキをほおばるＬｏｖｅｒ。口がいっぱいで「おいしい」と言えないから、目をまるくして、かわいい親指を立ててモグモグしている。

そんな彼女をもう、どうしようもなく大切に思っている。彼はナプキンでそっとクリームをぬぐってやった。お前には何でもしてやりたいんだよ。そう、思いながら。

「ＭＩＫＩＴＯは食べないの？　おいしいわよ？」

次のかたまりが運ばれて来るのを待ちながら、Ｌｏｖｅｒがきいた。

「太るとカッコ悪いから俺はいいよ。Ｌｏｖｅｒに全部あげるから、いっぱい食べてボインになっておくれ」

ＭＩＫＩＴＯは両手で大きな胸のかたちを作って、Ｌｏｖｅｒを笑わせた。

「ボイン、ボイン」

Ｌｏｖｅｒがケーキを食べながらくり返している。

「だけど、味見はしなくちゃな」

ＭＩＫＩＴＯはおもむろにクリームを指ですくいとると、そのままＬｏｖｅｒの可愛らしい鼻先と唇の横に塗り付けた。彼女がきょとん？　とするのと同じぐらいの速さですました顔を近付け、目を閉じてゆっくり、ゆっくり、甘いクリームを味わった。


こうして夜も更け、空からとうとう白い雪が降りだした。

「あっ、雪だわ！　雪が降ってきたわ！」

Ｌｏｖｅｒが喜んでテラスの外を指さし、ＭＩＫＩＴＯの手を引っ張って大きな窓に駆け寄った。

「ねえねえ、積もるかしら？　いっぱい積もるといいわね。明日は雪合戦しましょうよ。それからＭＩＫＩＴＯみたいに大きな雪だるまも作ってね」

と、彼の腕に甘えた。

Ｌｏｖｅｒが明日のことを楽しみにしている。それがＭＩＫＩＴＯの唯一の救いだった。

「Ｌｏｖｅｒ。窓辺は冷えるから、こっちへおいで」

ＭＩＫＩＴＯは部屋から大きな毛布を持って来て、小さなＬｏｖｅｒをすっぽりと包んだ。すると彼女は毛布にすきまを作って、彼も入るように手招きした。

ＭＩＫＩＴＯはうながされるまま手にとり、Ｌｏｖｅｒを後ろから抱いて、二人で一枚の毛布にくるまった。

ＭＩＫＩＴＯはＬｏｖｅｒの頭にそっと自分のあごをのせ、身を縮めた。このまま、彼女をどこかへ連れ去りたかった。

白い雪が絶え間なく降っている。

胸の鼓動が聞こえてしまいそうな静けさだった。

降り積もる雪を、二人は毛布にくるまって見ている。

「ねえＭＩＫＩＴＯ？」

「うん？」

「ＬｏｖｅｒはＭＩＫＩＴＯのお嫁さんになるの？」

「そうだよ」

「いつ？」

「もうじき」

「もうきまってるの？」

「ああ。Ｌｏｖｅｒが生まれる前から、お前は俺のものだってきまってるんだ」

「そう」

「Ｌｏｖｅｒは、いやなのか？」

「ううん。それじゃあ、生まれてきてよかったわね」

「Ｌｏｖｅｒ……」

Ｌｏｖｅｒは MＩＫＩＴＯの腕をそっとくぐりぬけ、彼の前にすっと立った。

テラスのまわりに積もった雪が、イルミネーションの光を反射して、Ｌｏｖｅｒの体をかたどるように輝かせた。

彼女は華奢な両手の指で、白いスカートの前を少しつまんでひざを曲げ、バレリーナのようなお辞儀をした。

「Ｌｏｖｅｒを、ＭＩＫＩＴＯのお嫁さんにしてください」

細い首を垂れ、ゆっくりうつむいた後、可愛らしい顔を少し斜めに持ちあげて、ＭＩＫＩＴＯを見あげた。

ＭＩＫＩＴＯはＬｏｖｅｒから、こんなふうに言われるなんて想像もしていなかった。

いつだって自分から愛を告白していたから。

彼はなんて言ったらいいのかわからないまま、涙があふれてきた。

「いいのか？　お前は俺を愛したら、空に帰れなくなるんだぞ？」

だが、すぐに、

「だけど、お前がいないと俺は生きられない。歌なんか歌えないよ、息ができないんだからな。どうか、俺のそばにいてくれないか？」

一気に言って、Ｌｏｖｅｒのスカートに顔をうずめて泣いた。

いつだってどこだって、堂々として男らしいＭＩＫＩＴＯが、声をあげて子どものように泣いている。

「ＭＩＫＩＴＯ。Ｌｏｖｅｒはどこへも行かない。お嫁さんになったら、いつまでも一緒にいられるんでしょう？　お嫁さんってそういうものなんでしょう？　どうして泣いているの？」

（Ｌｏｖｅｒは堕天使になることを決めたんだ。俺のために）

ＭＩＫＩＴＯはＬｏｖｅｒの決心に心が痛んだ。それと同時に彼女が愛おしくて、愛おしくて、たまらなかった。胸が掻きむしられるようだ。

涙が止まらない彼を見て、

「悲しいなら、Ｌｏｖｅｒが抱っこしてあげましょうね。ＭＩＫＩＴＯ、こっちへいらっしゃい」

と、彼女が微笑んだ。

ＭＩＫＩＴＯはふらふらと立ちあがると、そのままＬｏｖｅｒにかぶさるように倒れこんだ。そして彼女のひざ枕に泣き顔をあずけた。

Ｌｏｖｅｒはいつも自分がしてもらうように、ＭＩＫＩＴＯの髪をやさしくなでながら、歌を歌った。

ＭＩＫＩＴＯは私のかわいい人
ＭＩＫＩＴＯは目がかわいい

鼻もかわいい
でも、いちばんかわいいのはその唇
口づけしたらとけてしまいそう
Ｌｏｖｅｒは俺のいとしい人

最後の部分を間違えて、

「あら、なにかちがうわね？」

と、クスクス笑った。

ＭＩＫＩＴＯは、

「ちがわないよ。Ｌｏｖｅｒは俺のいとしい人だ」

かろうじてそれだけ言うと、泣きはらした目を閉じた。

Ｌｏｖｅｒが歌う子守歌は、遠い昔にきいたことがある懐かしい歌声にそっくりだった。

彼は彼女の歌をききながら、深い眠りに落ちていった。

目を閉じていても眩しさを感じる。毛布にくるまっていたＭＩＫＩＴＯは、その男らしい眉をしかめて目を覚ました。

テラスの外は辺り一面、昨夜降り積もった雪で覆われていた。

彼はハッとしてとび起きた。

「Ｌｏｖｅｒはどこだ？　俺のＬｏｖｅｒは？」

いやな予感がする。ＭＩＫＩＴＯは探しまわった。

テーブルには食べ残しのケーキ。ソファーの下には赤いブラジャー。青いオカリナもとんがり帽も、何もかも昨日のままなのに、Ｌｏｖｅｒだけがいない！

ＭＩＫＩＴＯはもう、気が狂いそうだった。いや、いっそのこと、狂った方が楽だと思った。

（もう会えないのか？　もういないのか？）

「Ｌｏｖｅｒ？　Ｌｏｖｅｒ？」

家じゅう探しても彼女はどこにもいなかった。

「ああ、この広い世界をどんなに探しまわっても、もう二度と会えないのか？」

ＭＩＫＩＴＯは叫んだ。

テラスの外に飛び出して、真っ白な大地から空を見あげた。どれだけ目を凝らしたら見えるだろうか？　あのいとしい姿が。

その時、パサッと雪がひとかたまり、こぼれるようにＭＩＫＩＴＯの泣き顔に降りかかった。ポーチの横に一本だけ生えている、背の高い木の小枝から落ちてきた雪だった。

次の瞬間、もっと大きなかたまりが降ってきて、彼は思わず抱きとめた。

それは、ＭＩＫＩＴＯがこの世で最も望んだものだった。

「Ｌｏｖｅｒ！　Ｌｏｖｅｒ！」

天からのクリスマスプレゼントを今、受けとめた。


昨夜はクリスマスイヴだった。地上に遣わされた天使たちが、役目を終えて空に帰る時、Ｌｏｖｅｒの記憶を消して、彼女を一緒に連れて行こうとした。

高く、高く、舞いあがったところで、Ｌｏｖｅｒは思い出した。

彼女には愛する人がいることを。やさしい彼が、自分がいないと生きられない、と泣いていたことを。

その瞬間、背中の羽が折れて彼女はまっさかさまに落ちて行った。

Ｌｏｖｅｒは忘れていなかったのだ。彼女を心から愛してくれたＭＩＫＩＴＯのことを。

そして、あの木にぶら下がり、彼が自分のことを探しに来てくれるのを待っていたのだった。


急いでＬｏｖｅｒを部屋に連れて帰り、ＭＩＫＩＴＯは服を脱いで、冷えきった彼女の体を抱いた。彼は、自分の熱をすべて彼女に与えるつもりだった。

「Ｌｏｖｅｒ、俺と一緒に生きてくれ！」

ステージも、音楽も、自分の命でさえも、神に捧げて彼女を救いたかった。

ＭＩＫＩＴＯの祈りが天につうじた。

かわいいＬｏｖｅｒが目を開けてこう言った。

「ＭＩＫＩＴＯ、よかったわ。もう泣いていないのね？」

彼女は昨夜の続きだと思っているようだった。

ＭＩＫＩＴＯは、いとしいＬｏｖｅｒの瞳を見ながら静かに言った。目を覚ましたばかりの彼女にわかるように、やさしく、やさしく微笑んで、

「今からお前は俺のお嫁さんになるんだ。その時が来たんだよ」

と。

ＭＩＫＩＴＯは彼女のか細い指に自分の指を絡めた。足で彼女のひざの辺りをそっと押さえつけた。彼はそうやって、彼女の自由をやさしく奪った。この胸に抱いている小鳥のような女を、自分のものにするために。

「こわいわ。ＭＩＫＩＴＯ」

彼の真下から、震えるような小さな声がした。

「お前は目をつぶっていろ。俺の手を握っているんだ」

そして、やさしく耳元でささやいた。

「Ｌｏｖｅｒ。これが愛だよ」

ＭＩＫＩＴＯはＬｏｖｅｒを、二人だけの世界に連れて行った。

MAKE YOU MINE

MIKITO

お前にとって俺はいつも男でいたいと思う
お前が笑顔をくれる時
お前の涙をぬぐう時
俺はお前が求める男でいたいと思う
お前を愛したその時からだ

男の愛というものをお前はまだ知らない
いつもと違う俺をお前は許してくれるだろうか
愛の炎は制御できない
怯えはしないか
傷つきはしないか
かわいいお前にたえられるだろうか

目をつぶっているといい
その唇は愛の歌をうたっていればいい
いつものように
俺の手を握っているんだ

I'll make you mine tonight
俺を受け入れてくれないか
Lover
My Lover

The 2nd Stage「LOST IN AN ANGEL」

アメリカの、とある都市にあるＴＶスタジオにLOVE DOLLの二人はいた。

今日は「恋人たちの日」だ。この日にちなんでスペシャル番組が組まれ、そのゲストとして、LOVE DOLLが出演を依頼されたのだ。

世界的若手実力派のロックシンガーＭＩＫＩＴＯが、日本で発掘した天才美少女ギタリストＬｏｖｅｒを連れてアメリカに帰って来た。二人はユニットを組み、その名をLOVE DOLLとして活動をはじめていた。

二人は日本のハイスクールで出会い、恋に落ちた。

今日は、今最も注目の「理想のカップル」とかの名目で招かれたのだった。


控室に案内されると、誰もが、こんな女の子にエレキなんか弾けるのかよ？　と疑うような可憐な少女が、

「ＭＩＫＩＴＯ、Ｌｏｖｅｒドキドキしちゃう。歌詞を忘れちゃったらどうしようかしら？」

と、ＭＩＫＩＴＯにすがりついた。

Ｌｏｖｅｒは新曲『Ｌｏｖｅｒより愛をこめて』を披露することになっている。

１９０センチの長身で、均整のとれたたくましい体つきのＭＩＫＩＴＯは、彼女を、いつもそうするようにやさしく抱きかかえ自分のひざに乗せた。彼はメタルシンガーであるが、数多の映画製作会社からも出演依頼が殺到するほどの、とびきりのナイスガイである。

「Ｌｏｖｅｒ。大丈夫だよ。お前はいつもライヴで最高のパフォーマンスをするじゃないか。今日はテレビの前の男がみんな、お前のとりこになるぞ」

と、笑ってみせた。

その笑顔がこの上なくやさしくて、整った顔立ちがどうしようもなくカッコいい。一度でもその笑顔を見たら、どんな女でも恋に落ちたって仕方がない。

二人は、ファーストアルバム『LOVE DOLL』を発表したところでアメリカにやって来た。日本を発つ直前のコンサートで、ＭＩＫＩＴＯがＬｏｖｅｒにプロポーズしたことで、二人の仲が知られるようになった。日本などでは、普通こうした人気商売であったなら、恋愛などはご法度でとにかく伏せまくるのだが、ＭＩＫＩＴＯは彼女への愛を公言してはばからない。

とにかく彼は、Ｌｏｖｅｒを命懸けで愛しているのだ。

ＭＩＫＩＴＯはＬｏｖｅｒを胸に抱き、もう一度、

「大丈夫だよ」

とささやいて、大切な人形をかわいがるようにやさしく髪をなでてやった。

「そろそろ時間です。スタンバイお願いします」

マネージャー兼ベース担当のカモが呼びに来た。

カモはＬｏｖｅｒと同じハイスクールの二年先輩だが、ＭＩＫＩＴＯにあこがれて単身、アメリカまで追いかけてやって来た。

さっきまで震えていたＬｏｖｅｒは、健気に微笑んでギターを手にとった。今日はギターを一曲だけプレイする。

スタジオはオーディエンスでいっぱいだった。彼らのジャンルはヘヴィメタルであるが、女性ファンの多いこと。みんなＭＩＫＩＴＯがお目当てだ。

まず、インタビューから。二人の出会いや、音楽の話、お互いのどんなところが好きなのかとか、また、お気に入りのデートの場所などの質問攻めで大いに盛

りあがった。

いよいよ、歌を披露する時間が来た。今日は「恋人たちの日」にふさわしいバラードを、一曲ずつ、ソロで歌う。まず、Ｌｏｖｅｒが新曲を歌って、次にＭＩＫＩＴＯが、日本のハイスクールの講堂で熱唱したら、気絶する女子高生が続出したという『Eternal Love Flame』を歌うといったプログラムだ。番組の最後にはLOVE DOLLのファーストアルバムからリクエストを一曲募り、Ｌｏｖｅｒが弾き、ＭＩＫＩＴＯが歌うことになっている。

Ｌｏｖｅｒがトーク席からスタンバイに向かう時、ＭＩＫＩＴＯがそっと抱きしめて励ました。客席から悲鳴に似た叫び声があがる。彼のファンなら当然だ。

だが、ＭＩＫＩＴＯは自分の人気なんかより、Ｌｏｖｅｒは自分のものだ、と知られるのがうれしかった。

Ｌｏｖｅｒの歌が始まった。

さっきまで騒いでいたオーディエンスも、おそらくモニターの前の全国の視聴者も、この天使のような少女が歌う素直でせつない曲を、一度きいたら忘れることがないだろう。そしてもちろん、日本からやって来たかわいいＬｏｖｅｒのことも。

ＬｏｖｅｒはＭＩＫＩＴＯの言うとおり、最高のパフォーマンスをした。

Ｌｏｖｅｒが歌い終わると、スポットライトはそのままＭＩＫＩＴＯを照らし出した。彼が歌うのは、日本のハイスクールで、Ｌｏｖｅｒのために熱唱したと言われる『Eternal Love Flame』だ。彼が世界的ギタリストのイヴァンが率いるRISING STARSにいた頃の名曲である。当時、音楽雑誌でそのことが大きく取りあげられ、LOVE DOLLはどんどん有名になっていった。

ＭＩＫＩＴＯは１９０センチの長身から、さらに右手を高々とあげて愛の歌を熱唱する。この立ち姿がなんとも美しい。右手を握りしめるのと同時にキリッとした眉をぐっとしかめて目を閉じる。こんな男がいるのか？　と思うほど魅力的でかつセクシーだ。

彼は、たったひとりの少女のために愛を歌うのだが、たちまち世界中の女を夢中にしてしまう。

曲のラストには、ＭＩＫＩＴＯはＬｏｖｅｒのところへ行って、彼女の手をとりエスコートした。そして自らひざまずき、彼女の白い手に口づけた。それはもう、スタジオ全体からため息のでるようなシーンだった。

今日は「恋人たちの日」

最高の視聴率だった。

続いてラストナンバーには『Like Paradise』が選ばれた。ポップ調の華やかな曲だ。出だしのコーラスをＭＩＫＩＴＯがハイトーンヴォイスで高らかに歌いあげる。それから客席に行ってファンサービスだ。「待ってました！」と言わんばかりに、もうファンがキャーキャー叫んでＭＩＫＩＴＯにまとわりつく。

Ｌｏｖｅｒのギターソロも軽快にきまった。Ｌｏｖｅｒは踊るようにプレイする。ピックを可愛らしい口にくわえて爪弾くしぐさは、男なら断然もえてしまうこと間違いなしだ。普段は頼りない女の子だが、ギターを持つとまるで別人のようだ。ＭＩＫＩＴＯのパワフルヴォイスにひけをとらない。まったく不思議な少女である。

番組は最高の盛りあがりをみせ、あっという間に幕を閉じた。

一方、彼らの演奏を、カメラの側からじっと見ていた、こちらも長身の男がいた。かの有名な世界的ギタリストのイヴァンである。

かつて、ＭＩＫＩＴＯはイヴァン率いるRISING STARSのフロントマンをつとめていた。最強のギタリストと最高のヴォーカリストを擁するRISING STARSは当時、一世を風靡した。しかし、二人は仲違いをし、ＭＩＫＩＴＯは彼のバンドを脱退したのだ。

誰にもまねすることなどできない超絶速弾きで知られるイヴァンは、ギタリストを志すものなら最もあこがれる存在だ。存在自体が神である。彼は、別の音楽番組の収録のためにこのスタジオを訪れていたのだった。

そのイヴァンが、番組終了と同時にＭＩＫＩＴＯに話しかけてきた。

「よう、ＭＩＫＩＴＯ。久しぶりだな。しばらく日本に行っていたお前が、エンジェルを肩に乗せて帰って来たと聞いていたが、噂は本当だったんだな」

さらに、イヴァンはＬｏｖｅｒに向かって、

「やあ、なんてかわいいエンジェルなんだ！　ベイビーの歌は最高だぜっ、ギタ

ープレイも俺様の次にうまいじゃないか！」

と、今にも抱き寄せそうな勢いで彼女に迫った。

世界的ギタリストのイヴァンに自分のプレイを認められ、素直に喜ぶＬｏｖｅｒの様子に、ＭＩＫＩＴＯは複雑な思いがした。

イヴァンはＬｏｖｅｒの後ろにまわって、こうすればもっとヴィブラートを効かせられるよ、なんて教えるふりをして、なんだかんだとＬｏｖｅｒに接近しようとしている。

ＭＩＫＩＴＯは、昔、イヴァンと衝突したことを思い出し、自分が命懸けで愛するＬｏｖｅｒに何か悪いことが起こらないか不安になっていた。

「Ｌｏｖｅｒ。もう終わりだ。さあ帰ろう」

できるだけ冷静を装って、彼女の肩を抱いた。


スタジオからの帰り、マネージャーのカモが運転する車中で、

「カモ、打ち合わせだ。お前も寄って行け」

ＭＩＫＩＴＯはカモに声をかけた。世界的ギタリストのイヴァンに会ってＬｏ

verははしゃいでいる。その彼女をひざに乗せて、自分はウィンドウに肘をひっかけて頬杖をつき、MIKITOは少し、遠い目をしている。

家に着くと、

「カモと少し話があるからね」

と、長身の彼は少しかがんで彼女にやさしく言って、差し入れのケーキの箱を手渡した。

Loverは「はあい」と素直に受けとってキッチンに向かった。

MIKITOとカモは、テーブルをはさんで向かい合い、スタジオでのパフォーマンスについて語り合っていた。

「カモ。Loverの歌、どうだった？　あれなら女のファンにも受けるよな？　クリスマスだけじゃなくて、ウェディングなんかにもふさわしい曲だろう？　あれを初めてきかされた時は思わずひざまずいてLoverの手にキスをしたもんだ」

「知ってますよ。今まで何回聞かされたことか」

「そうだったかな？　で、あれをシングルリリースしようと思うんだが」

「次のアルバムのラストナンバーですね。全体的に疾走系が多いから、ラストはうんと可愛らしいのがいいでしょう。そうなるとますます印象的だし、シングルカット、いけるんじゃないですか？　彼女のファンがとびつきますよ」

　二人がここまで話し合ったところで、勢いよくドアーが開いた。

「ＭＩＫＩＴＯ！　イヴァンがね、明日Ｌｏｖｅｒとデートしたいんだって！　明日の朝、フェラーリを持って迎えに来るんだって！」

　興奮したＬｏｖｅｒがとびこんで来て、そのままＭＩＫＩＴＯに抱きついた。

たった今、イヴァンから電話があったらしい。

（イヴァンの奴、スタジオでやたらとＬｏｖｅｒを気にかけていたからな）

ＭＩＫＩＴＯはやっぱりな、と思い舌打ちをした。当然、面白いはずがない。

（俺の大切なＬｏｖｅｒとデートだと？　お前なんかに会わせてたまるか！）

この胸の怒りを気付かせないように、できるかぎりやさしく、はしゃぐＬｏｖｅｒにこう言った。そう、子どもをなだめて言いきかせるように。

「Ｌｏｖｅｒ。お前の歌をリリースするよ。だから明日はジャケットを決めないか？　うんとかわいいお前の絵を選んでやるよ」

「そうなの？」

　Ｌｏｖｅｒは少し考えて、

「じゃあ、早く帰って来るわね」

　あきらめないＬｏｖｅｒにＭＩＫＩＴＯはもうイライラして、

「Ｌｏｖｅｒ。明日は行けない。家にいなさい」

と言ったが、

「どうして？　どうして？　イヴァンがね、フェラーリを食べたらね、家にたくさんギターがあるから見せてくれるって。弾いたら壊しちゃってもいいのよ。世界一のギタリストがレッスンしてやるって」

　彼女の言っている意味が、なんだかわからなかったけれど、今はそれどころではない。

（なんとかしてＬｏｖｅｒをあきらめさせないと。かわいい俺のＬｏｖｅｒをイヴァンのところになんか行かせるもんか。とんでもない）

　ＭＩＫＩＴＯは焦ってしまった。つい、

「そんなに聞き分けのないことを言うなら、今夜はお仕置きだぞ」

言ってから、しまった、と思ったが、みるみるうちにＬｏｖｅｒは泣き顔になって、

「ＭＩＫＩＴＯのいじわる！　お仕置きなんて大っきらいっ！」

涙をポロポロこぼして部屋を出て行ってしまった。

（こともあろうに、かわいいＬｏｖｅｒをこの俺が泣かせてしまった。それもこれも、みんなイヴァンのせいだ。やっぱりあいつは許せない！）

うろたえても怒っても、もう後の祭りだった。まさか天下の男前がたったひとりの少女の扱いに失敗してしまったとは。

（くそっ！　しかたがない）

「カモ！」

そこでマネージャーの登場である。

「Ｌｏｖｅｒをなだめてくれないか？」

あわてたＭＩＫＩＴＯの言葉は「お願い」というより「指令」に近い。カモはトップスターの失態を笑うわけにもいかないので、できるだけポーカーフェイス

を装って承知した。

それでもだめならもう、自分もついて行ってイヴァンがＬｏｖｅｒに何かしないか、監視するしかない。トップスターがやるべきことではないがこの際仕方がない、とＭＩＫＩＴＯは考えた。

（なによりＬｏｖｅｒが大事だからな）

「それと、俺の明日のスケジュールはどうなっていたかな？」

「ジェイとランチをとった後、セッションの予定です」

無情にもカモは即答した。

「ああ、そうだった」

ＭＩＫＩＴＯはお手上げのポーズをして首を横に振った。

ジェイこと、ジェイラス・トレントといえば、かつては伝説のギタリスト、リキャルド・ゴッドリッチが率いる偉大なロックバンド、RAINSTORMの歴代ヴォーカリストだった。彼が持ち込んだキャッチーでメロディアスな楽曲のサウンドが、ヘヴィメタルをより発展させ、その支持層を広範囲に拡大させたのだった。

ジェイの活躍は、この国に一大センセーションを巻き起こしたといっても過言ではない。いわばＭＩＫＩＴＯの大先輩で、最も尊敬するシンガーのひとりである。キャンセルなんてできるはずがない。

カモがＭＩＫＩＴＯの指令を受けてＬｏｖｅｒを探しに行くと、彼女はキッチンで泣いていた。カモは少し近付いて、彼女に声をかけた。

「ＭＩＫＩＴＯさんは心配しているんですよ。自分がついて行ってあげられないから。Ｌｏｖｅｒにもしものことがあったらって」

「Ｌｏｖｅｒ、迷子になんかならないもん。なんでもイヴァンの言うとおりにするわ」

カモは、「だから、それが危ないんだってば」と言いそうになって、「それほどＭＩＫＩＴＯさんはあなたのことを愛しているんですよ」という言葉も、なぜか飲み込んだ。

「それにね」

Ｌｏｖｅｒはまた涙目になって、こんなことを言い出した。

「ＭＩＫＩＴＯはお仕置きをするって言ったわ。私、あのお仕置きはきらいなのよ。だって、とっても恥ずかしいんですもの」

「へ？」

カモの反応はマヌケのようだ。

「ＭＩＫＩＴＯがね、こわい顔してこう言うの。もっと足を開け、おなかの力を抜かないとうまく入らないだろう？　って。口には太いものをくわえさせてね、俺がいいと言うまで我慢しろって言うのよ。他にもいろんな道具があってね、Ｌｏｖｅｒ、うまくできなくて怒られちゃうの。それでとっても恥ずかしいの」

とカモにうったえた。

まだ二十歳とそこらで世界的スターの階段を駆けあがり、類い稀なる情熱的な歌唱力と、hihiCまでの音域を楽々カバーする圧倒的なハイトーンヴォイスを持ち、今やミッキー・ロールやノエル・ワーグマンと並び称賛されている、もしどこかで彼に出会ったら、そこら辺の映画俳優なんか裸足で逃げ出すぐらい、どこから見ても男前でカッコよくて、そりゃあね、ちょっとこわいけど、とにかく強くてセクシーで、なによりこの僕が尊敬して、敬愛してやまない、あの、ＭＩＫＩＴＯさんが！　こともあろうに、こんな幼気な少女に？　しかも、「命懸けで愛

していい るんだよ」なんて言っておきながら、まさか、まさか、まさか、うそだろ? よりによってSMごっこを強要しているなんて!

Ｌｏｖｅｒのことはひとまずカモに任せて、ＭＩＫＩＴＯはイヴァンのことを考えていた。

「あいつ、最近はどうしたんだ? アルバムは数多く出してはいるが、昔のようなプレイではなくなったような気がする。俺と組んでいた時はもっと攻撃的でメロディアスだった」

ひとり言を言いながら、琥珀色のグラスに液体を注ぎ込む。

「ＭＩＫＩＴＯ、のどを大切にしてね」

かわいいＬｏｖｅｒはヴォーカリストのＭＩＫＩＴＯのために、毎日はちみつレモンを作ってくれる。彼女の思いやりを一口、一口、少しずつ楽しむのが彼の喜びだった。しかし、彼女の涙を見た今日は、なんだか苦くてつらい味がする。

そこへカモが、Ｌｏｖｅｒがしたように、いや、もっと激しくドアーを開けてどかどかと入って来た。一直線にＭＩＫＩＴＯに詰め寄り、いきなり彼を罵った。

「見損ないましたよ！　あなたがそんな人だったなんて！」

カモのすることは時々わけがわからない。そんなことよりＬｏｖｅｒはどうなったんだと気が急くＭＩＫＩＴＯは、

「カモ、どうだった？　Ｌｏｖｅｒは納得したのか？」

と尋ねたが、もちろんカモは聞いていない。

たった今まで敬愛していた偉大なロックシンガーの顔面を指さし、

「あなたはイヴァンから彼女を守る資格なんかない！　恥ずかしくないんですか？　いくら愛してるからといっても、あんな純真な子を相手に、えっ、ＳＭごっこなんかっ！　ひっ、ひどすぎるじゃありませんかっ！」

カモは言葉に詰まりながらも一気にぶちまけた。

ＭＩＫＩＴＯはＬｏｖｅｒお手製のはちみつレモンを大事に飲もうとしていたが、思わず全部ふき出し、同時に、

「ＷＨＡＴ？」

メタルシンガーらしくシャウトした。

彼は自分の耳を疑ったが、いったいなんのことだかさっぱりわからなかった。

カモはＬｏｖｅｒが泣きながら言っていたお仕置きのことを伝えた。ＭＩＫＩＴＯは彼のマネージャーを睨むようにして黙って聞いていたが、少し考えてから、カモに向かってこう言った。

「カモよ。お前はクビだ。俺が命よりも大切なＬｏｖｅｒに、ＳＭ、いや口にするのもおぞましい、そんなことをするはずがないだろう！　お前、勝手にいやらしい想像をしやがって、俺のＬｏｖｅｒをけがすなっ！」

「でも、彼女が言ったんですよ？　きっと深く傷ついたに違いない」

カモは悪魔に立ち向かう正義の味方だった。ここまでは。

ＭＩＫＩＴＯは何度も頭を横に振り、今度はあきれ果てた顔でカモを見た。

「あのな、発声の練習をさせていたんだよ」

「へ？」

また、マヌケな反応である。

「LOVE DOLLでは、Ｌｏｖｅｒもヴォーカルをとる。バラードでは問題にならないだろうが、ハードを、それも女が声を張りあげて歌うんだぜ？　バックに負けないように。ATLANTISのノーラ・エクレフみたいにだ。腹式呼吸の基本ぐらい身につけておかないと、のどをやられちまうだろう？　そんなことも思いつかないで、お前、それでも本当にミュージシャンかよ？」

　ＭＩＫＩＴＯはそう言ったが、最後の方はもうニヤニヤ笑っている。

「エエエ……」

と言ったきり、カモは完全にフリーズ状態である。

「お前ね、クビになりたくなかったら、一度だけ、チャンスをやろう」

　ＭＩＫＩＴＯは転げまわりたいほどおかしいのを必死にこらえて、あくまで上から目線で哀れなマネージャーに命令した。

「明日、お前もイヴァンのところへ行け」

　そして、急に真顔になって、こう頼んだ。

「俺のかわりにＬｏｖｅｒを守ってくれないか？」

「くそっ！　誰がＳＭなんか、いやこの言葉はだめだな。下品すぎる。カモのasshole め！　だけど、話だけ聞いていたら確かにそうかもな」

　ＭＩＫＩＴＯはひとり言を言って、その長身を二つ折りにして大声で笑った。

あの時のレッスンを思い出す。

まず、足を肩幅より少し大きく開く。余計な力を抜いてリラックスしないと空気を充分に吸い込めない。口にくわえさせたものは表情筋を鍛えるためのエクササイズの器具だ。つい、指導に熱が入ってしまった。ちょっとやりすぎたかな？　かわいいＬｏｖｅｒはお仕置きだと思ったんだな、かわいそうに。発声練習はもうやめよう。ゆっくりと、やさしく教えてやればいいさ。LOVE DOLLは近々、次のアルバムを発表し、二人はこれからもずっと一緒にいられるのだから。

ＭＩＫＩＴＯはＬｏｖｅｒのかわいい泣き顔を思い出して、早く抱きしめてやりたくなった。


しばらくすると、カモに明日のことを聞いたＬｏｖｅｒが、またとびこんで来た。

（よかった、今度はＬｏｖｅｒが笑っている）

トンっと軽くＭＩＫＩＴＯにとびついて、彼の頬にキスをした。

「明日、本当に行ってもいいの？　あのね、カモ君もギターのレッスンを受けたいんですって！　だから一緒に行くのよ。とっても楽しみだわ」

ドアーの陰からカモが控えめにピースをしている。ＭＩＫＩＴＯは片手をひらひらさせて、シッシ、と追い払った。

そして、すぐそばのＬｏｖｅｒの顔を見た。やっぱりＬｏｖｅｒは笑顔でなけりゃな、とＭＩＫＩＴＯは思った。この腕の中で無邪気にはしゃいでいるＬｏｖｅｒはとてもかわいい。

「ＭＩＫＩＴＯ、さっきはごめんなさいね。イヴァンにも迷惑をかけないわ。おみやげにフェラーリをどっさり持って帰るわね」

最後の部分はよくわからなかったけど、Ｌｏｖｅｒが笑ってくれたからもういいや。お前の笑顔が見られるなら、俺は悪魔になろうが、スターなんかでなかろうが、どうでもいい。お前さえ俺のそばにいてくれたら。

ＭＩＫＩＴＯはＬｏｖｅｒの細い腰に腕をまわし、いつもより強く、長く、彼女を抱きしめた。

「おはよう。ＭＩＫＩＴＯ」

天使の笑顔でＬｏｖｅｒが起こした。

「ねえＭＩＫＩＴＯ？　今日はこの服でいいかしら？」

（ああ、もう朝か。今日はＬｏｖｅｒがイヴァンに会うんだった）

ＭＩＫＩＴＯはやっぱり気が重い。

彼女はふわりとした白いワンピースを着ている。背中に羽が生えていたら天使そのものだ。こんな姿で行かせたら、エンジェル好きのイヴァンが暴走してしまいそうだ。

「かわいすぎて絶対にダメ～」

Ｌｏｖｅｒには聞こえないようにそう言って、

「ねえＬｏｖｅｒ？　せっかくイヴァンに会うんだったら、奴の好みの格好をして行ってやれよ。俺が選んでやる」

「あら？　これはイヴァンの好みではないのね？　わかったわ。ありがとう。ＭＩＫＩＴＯはやさしいのね」

と素直に信じた。

「Ｌｏｖｅｒったら、これだから心配なんだよ。お前は人を疑うことを知らない。

絶対にカモから離れるなよ」

ＭＩＫＩＴＯは自分のワードローブで、一番ダサい服を探しながら、祈るようにつぶやいた。

自分の服ではサイズがまったく合わないし、結局、以前カモが酔っぱらって忘れて行った、ヨレヨレのカーキ色のシャツを着せることにした。

Ｌｏｖｅｒは、大きなミラーに映った自分の姿を見て、

「これがイヴァンの好みなの？　ＭＩＫＩＴＯとはずいぶんちがうのね」

と、笑ってみせた。

どんなにダサい格好をさせても、その笑顔をみせたらもうだめだ。Ｌｏｖｅｒはどうしたってかわいすぎる。

ＭＩＫＩＴＯはため息をついた。

彼女が支度を整えたころ、派手なクラクションが鳴って、イヴァンが迎えにやって来た。

少し前にスタンバイしていたカモが、自分が探していたシャツを、Ｌｏｖｅｒ

が着ているのを見て何か言いたげだったが、ＭＩＫＩＴＯに完全に無視された。

「やあ、おはようベイビー！　用意はいいかい？　今日は楽しく一緒に過ごそう！」

イヴァンはもう、Ｌｏｖｅｒの背中に手をまわしている。そして、ＭＩＫＩＴＯに向かって、

「こんなにかわいい子になんてひどい格好をさせているんだよ？　音楽同様、お前は相変わらずセンスがないな！」

と言ったが、ＭＩＫＩＴＯがわざとそうさせたこともお見通しのようだった。

「彼女はまだこっちに慣れていないから、今日はマネージャーを同行させる。いいな？」

ＭＩＫＩＴＯが一気に言うと、イヴァンはにやりと笑った。

「それじゃあ、行ってきまあす！」

まるでピクニックにでも行くかのように、イヴァンの車からＬｏｖｅｒが楽しげに手を振った。

「頼むぞ、カモ！」

ＭＩＫＩＴＯはＬｏｖｅｒのことが心配で、いつまでも車が走り去った方向を向いて立っていた。

「さあベイビー！　まずは俺からのプレゼントを受けとってくれ」

イヴァンはそう言って、五番街にある高級ブティックの前に愛車を停めた。

店に入ると、支配人らしき男と、売場のチーフの女性スタッフがあわてて走って来て、彼らを出迎えた。

「これはこれは、イヴァン様。いえ、伯爵さま。いらっしゃいませ」

「今日はこの可愛らしいレディに最高級のドレスを着せて、美しく仕上げるんだ！　ヘアもメイクもエステもネイルも、何もかもだ！　俺様の命令に背いた奴はみんなクビにしてやる！」

「ははあ」

従業員一同頭を垂れて、イヴァンの命令をうけたまわった。

「お嬢様。こちらへどうぞ」

支配人がＬｏｖｅｒに向かってお辞儀をした。

Ｌｏｖｅｒは、この国のことはよく知らないし、イヴァンの言うことに従えばよいと思っていたので、カモを残してついて行ってしまった。

「さて、ミスターカモ」

今まで、まったくその存在を無視していたカモに向かってイヴァンはこう言った。

「君は優秀なベーシストだそうだね。ＭＩＫＩＴＯもひどいよな。偉大なミュージシャンの卵をマネージャーなんかにしてコキ使ってさ。実は昔、俺様が世話をしてやったジェフ・エヴァンズというシンガーが、いいベーシストを探しているんだ。君もオーディションを受けてみないかい？」

ジェフ・エヴァンズといえば、４オクターブの声域をもち、現在彼のパワフルヴォイスの右に出るものはいない。チューナーのボリュームだって思わず下げちゃうほどの凄腕のヴォーカリストだ。イヴァンが昔、世話をしたかどうかは定かではないが、あんな有名なアーティストのバンドのオーディションを受けられるなんて！　しかも、世界的ギタリストのイヴァンの紹介で？

カモは夢を見ているんじゃないかと思った。

さらにイヴァンは、

「そのオーディションは今日なんだ。俺様が電話を入れておいたから、君は優遇されるだろうよ」

「ベイビーのことは心配ない。レディの支度というものは、ものすごく時間がかかるもんだ。オーディションが終わったら、君も合流すればいいじゃないか？」

カモは一瞬、この場を離れたらＭＩＫＩＴＯさんに殺されるんじゃないか？　と思ったが、イヴァンの言うとおり、ブティックで待つ間に済むのなら、と承諾してしまった。


やがて、高級ドレスに身を包み、髪をアップにして、上品なメイクを施したかわいいＬｏｖｅｒは、ハリウッド女優も気後れするほどの美しい女性に変身した。細い首にも、形のよい耳にも、ダイヤモンドがあしらわれたが、それは彼女の美しさを補うものではなく、Ｌｏｖｅｒは女神のごとく、完璧であった。

イヴァンは、Ｌｏｖｅｒの想像以上の美しさにすっかり心を奪われてしまった。

もちろん、カモの帰りなど待たずに店を出た。

「あら、イヴァンじゃない？　となりの美しい女性は誰かしら？　また女を変えたのね。でも、どこかで見たことがあるんだけど？」

彼女が、今をときめくトップシンガーのＭＩＫＩＴＯが、日本から連れて来たLOVE DOLLの天才美少女ギタリストだとは、世界の中心と自負する街の人々でさえ、誰も気付かなかった。

イヴァンは、最初はＭＩＫＩＴＯへの当てつけの目的もあったし、かわいい新人に興味本位で近付こうと思っていたが、今や本気でＬｏｖｅｒをもてなしたいと思っていた。

「ベイビーはどこで音楽を学んだんだい？」

「ＭＩＫＩＴＯとはどうやって知り合ったんだい？」

彼女のことが知りたくて仕方がなかった。

やがて、イヴァンの豪邸に着いた。

彼の屋敷には使用人がたくさんいて、Ｌｏｖｅｒのために晩餐会まで開かれた。おいしいものや、美しいものがたくさんあった。

ギターを弾いては壊し、弾いては壊し、イヴァンはＬｏｖｅｒに気に入られようと必死にパフォーマンスをした。

二人はしばらく楽しく過ごしたが、イヴァンには、Ｌｏｖｅｒの他に招待する友人もなく、なんだか寂しそうに見えた。

レコーディングもできる設備が調っているイヴァン自慢の音楽部屋には、輝かしい彼の功績を称えるオブジェなどがたくさん飾られている。そしてその壁に、ゴールドディスクを胸に抱き、さわやかに微笑むＭＩＫＩＴＯと少しすねたような顔をしたイヴァンのツーショットの写真が掲げられていた。

Ｌｏｖｅｒがそれを見あげていると、イヴァンはギターを置いて話しはじめた。

「俺には友達がいなくてね」

やさしいＬｏｖｅｒの前ではなぜだかとても素直になってしまうのは、ＭＩＫＩＴＯだけではなさそうだ。この、唯我独尊のイヴァンでさえ。

「ＭＩＫＩＴＯとは一番ウマがあったんだよ」

イヴァンが続けた。

「あいつの作る曲、あいつの歌い方。何もかもが魅力的だったよ。俺のすべてをわかってくれている、そう思ったよ。あいつと一緒に音楽をやっていた時が、一番幸せだった。あの頃は、まわりにたくさん友達がいたんだ。だけど、そんなあいつに嫉妬してしまったんだ。ある曲をＭＩＫＩＴＯと一緒に作ったんだけど、俺はクレジットにあいつの名前をのせなかったんだ」

LOVE DOLLのライヴでも、ＭＩＫＩＴＯはRISING STARS時代の曲を好んでプレイする。イヴァンの超絶速弾きをコピーするのは、さすがのＬｏｖｅｒにとってもちょっと大変なのだが、ＭＩＫＩＴＯはいきいきと歌う。きっと二人の才能が、最高のハーモニーによって生み出した音楽なのだ。

Ｌｏｖｅｒは、ステージで歌ういとしいＭＩＫＩＴＯの姿を思い出していた。

過去を語り、うなだれるイヴァンにＬｏｖｅｒは、

「ねえ、イヴァン？」

と、やさしく手をとり、彼の瞳をのぞきこんだ。

「これから私の言うことをよく聞いてちょうだい」

ドレスやメイクのせいもあるが、小さなＬｏｖｅｒはいつもより大人びて見えた。

彼女はまっすぐ前を向いて、遠い目をしてこう言った。

「あなたはあなたが思う音楽を追求するのよ。妥協してはだめ。そして次のアルバムにありったけの魂を注ぎ込むの。そうしたら、かつての仲間たちがあなたともう一度音楽がしたいといって訪ねて来るわ。もちろん、ＭＩＫＩＴＯもね。また二人ですばらしい曲を作るのよ」

その時、夜の暗い窓ガラスに映った美しいＬｏｖｅｒの背中に、天使の羽が生えているのをイヴァンは見たような気がした。

そこまで言うと、Ｌｏｖｅｒは、ハッと我にかえった。すると、急にＭＩＫＩＴＯに会いたくなった。早く帰って思いっきり彼に甘えたくなった。

「イヴァン、家まで送ってくれるかしら？」

イヴァンは少し寂しそうに微笑んで、Ｌｏｖｅｒの華奢な手をとり、静かに口づけた。それはまるで貴族のように気品に満ちた別れの挨拶だった。

「ＭＩＫＩＴＯのところへ帰らなきゃ！　早くＭＩＫＩＴＯに会いたい！」

　車で送ってくれたイヴァンにさよならすると、Ｌｏｖｅｒはこう言って玄関にとびこんだ。急いでかかとの高い靴を脱いで、階段を駆けあがった。

（早く、早く！）

　背中のファスナーをザッと下げ、階段の途中に高級ドレスを脱ぎ捨てた。彼女は走りながら、イヴァンが贈った大粒のダイヤのピアスでさえ、ためらいなく投げ捨てた。

　Ｌｏｖｅｒは勢いよくＭＩＫＩＴＯの部屋の扉を開けて叫んだ。

「ただいま、ＭＩＫＩＴＯ！　Ｌｏｖｅｒ、帰って来たわ！」

　ほとんど下着姿のＬｏｖｅｒに驚いたＭＩＫＩＴＯは、一瞬何が起きたのかわからず呆然としたが、すぐに、チェアの背もたれに掛けてあったボタンダウンの白いシャツを着せてやった。彼のシャツは小さな少女には大きすぎてワンピースを着ているみたいだ。

　だけど、いつもは可愛らしいＬｏｖｅｒがハッとするほどセクシーに見える。

「Ｌｏｖｅｒ！　どうしたの？　どうして裸なの？」

「イヴァンがね、きれいな、ものを、たくさん買ってくれたのよ。でもね、これを着けたままでは、ＭＩＫＩＴＯに会ってはいけない、と、思ったの。だから、みんな、脱いで来ちゃった」

懸命に駆けて来たから息が切れている。なんとかそう言って、彼女は階段に散らかった品物を指さした。それから、

「だけど」

今度は少しうつむいて、

「やっぱり、裸は恥ずかしいわね」

と、白いシャツの裾をギュッと引っ張ってぱっと赤くなった。

恥らうしぐさもかわいいＬｏｖｅｒを見て、ＭＩＫＩＴＯは泣きそうなのか、笑い出しそうなのか、自分でもわからないような笑顔になって、

「これなら、恥ずかしくない？　Ｌｏｖｅｒ？」

Ｌｏｖｅｒのために、自分も着ていたシャツを脱いでみせた。

「抱っこの部屋」で、ＭＩＫＩＴＯはいつものようにＬｏｖｅｒを抱いて立って

いる。

この部屋には、作り付けのサイドボードと大きなミラー、それとチェアが一脚あるだけだ。

さっきシャツを脱いだから、MIKITOは最も近くに愛する女を抱いている。たくましい男の胸に抱かれたLoverは、まるで大木に止まったセミのようだ。

明かりを落としたこの部屋で、レッスン用の大きなミラーが二人の姿をひとつに映し出している。

しばらく二人は黙ってお互いを感じていたが、やがてLoverがMIKITOの胸に語りかけた。

「MIKITO。イヴァンはいい人だったわ。昔、MIKITOとケンカして、あなたをバンドから追い出したことを後悔していたの。ずっとあやまりたかったんだって。イヴァンの作る曲を、彼の思うように歌えるシンガーは、MIKITOしかいなかったたって」

「そう？」

「曲を作るたびにね、ＭＩＫＩＴＯならなんて言ってくれるだろう？　どんなふうに歌うだろう？　って思うんですって」

「……」

「あのね、Ｌｏｖｅｒも今日そうだったの」

「いろいろね、おいしいものを食べたでしょ？　そしたら、ＭＩＫＩＴＯにも食べさせてあげたいな。とか、きれいなものを見せてもらったらね、ＭＩＫＩＴＯも一緒に見られたらいいのに、って思ったの。いつもあなたのことを思い出していたのよ」

「Ｌｏｖｅｒ……」

「だから、イヴァンも同じ。彼は淋しかったでしょうね、あなたを失って。また、ＭＩＫＩＴＯと音楽をやりたいって」

「だからね、Ｌｏｖｅｒちょっとだけ、ほんのちょっとだけね、イヴァンをお手伝いしてきたの」

Ｌｏｖｅｒの言うところの「お手伝い」とは、誰かの未来を、その者が望む方向へ、わずかに押してやることである。Ｌｏｖｅｒは堕天使とはいえ、れっきとしたキューピッドなのだ。

「また、イヴァンとアルバムを作るよ。今度はケンカしないで。俺もそうしたかったのさ。イヴァンは、本当はいい奴なんだ。Ｌｏｖｅｒが俺たちをもう一度つないでくれたんだな」

ＭＩＫＩＴＯはＬｏｖｅｒの額にキスをした。

「あのね、フェラーリは持って帰れなかったの。ごめんなさいね、約束したのに」

「だって、イヴァンが言ったのよ。フェラーリがたくさんあるから、好きなだけ食べてもかまわないって」

ＭＩＫＩＴＯの整った男らしい顔が一瞬でほどけてしまう。Ｌｏｖｅｒの必殺技だ。

「Ｌｏｖｅｒ？　フェラーリはイヴァンの車だよ？　お前も乗っただろう？　あの赤いでっかいやつさ。お前の好きなケーキじゃないんだ」

「ははは、でもＬｏｖｅｒはそれでいい。かわいいからそれでいい」

ＭＩＫＩＴＯはこの愛おしさをどうしようもなくなって、Ｌｏｖｅｒを抱く腕にギュッと力を入れてかわいがった。

「ねえＭＩＫＩＴＯ？」

「どうしてＭＩＫＩＴＯの胸はこんなに熱いの？　Ｌｏｖｅｒはとけちゃいそうだわ」

「お前を抱いているからさ。俺は燃えあがりそうだよ」

「ねえＬｏｖｅｒ？」

「Ｌｏｖｅｒがとけちゃう前に、俺が食べちゃおうか？」

「あら、Ｌｏｖｅｒにはいちごもクリームもついていないのよ？　おみやげはアイスクリームがよかったのね。ごめんなさいね、思いつかなくて」

「Ｌｏｖｅｒは何を言ってもかわいいな。どうしてお前はこんなに俺を夢中にさせるんだ？　これも天使を愛した罰なのか？」

「もうだめ。ほんとうに、ほんとうにとけちゃう」

もう一度、ＭＩＫＩＴＯはＬｏｖｅｒにキスをした。今度はいちごのように赤くてかわいい唇に。

ＭＩＫＩＴＯはＬｏｖｅｒを仰向きにして、そっと抱えてゆっくりと運んだ。さっき着せたシャツの前がはだけて白い肌が露わになった。

「裸は恥ずかしいと言ったくせに、お前はなんて無防備なんだ？　俺にならいいが、そんなので何かあったらどうするんだよ」

いとしさと同時に嫉妬に似た腹立ちを覚えた。

「お前は俺の女だ。な、そうだろ？」

そして、そっとベッドにおろした。自分に抱かれて「とけちゃいそうよ」と目を閉じた彼女は、彼を待たずにもうまどろんでいる。

ＭＩＫＩＴＯはあの「儀式」以来、一度も彼女を抱いていない。夜、Ｌｏｖｅｒが寝る前にねだる「抱っこ」とやさしいキスだけだった。それは、自分が守るべき彼女の心と体に負担をかけたくなかったからだ。

ＭＩＫＩＴＯはあの「儀式」を思い出していた。

あの時、かわいいＬｏｖｅｒは、初めての苦痛にたえきれず、とうとう泣き出してしまった。

「Ｌｏｖｅｒ。いい子だからがまんして。そのうちよくなるから」

ＭＩＫＩＴＯはＬｏｖｅｒをもう手放すものか、とつなぎ留めるために決心していたのだが、まだ幼気な彼女のことを思うと本当に悲しくなった。涙に濡れたＬｏｖｅｒの小さなかわいい顔を両手で包み、

「ごめんよ、Ｌｏｖｅｒ。俺がそうさせているんだ。だけど、こんな顔もお前は美しいんだな。愛しても、愛しても、足りないぐらい愛してるよ。ずっとそばにいるから、お前を俺に守らせてくれないか？」

そう言って、自分の腕の中でまだ泣いているＬｏｖｅｒの細い体をやさしく抱きしめた。


こうしてお前は女になり、俺のものになった。

それでも時々不安になる。もっと近くに置くべきだったか？　もっと愛を伝えればよかったか？　このままなのか？　俺たちは。

だけど、かわいい寝顔をながめては、いつもためらってしまうのだった。

「ステージを独り占めのパフォーマンスシンガーなんだぜ？　この俺は！　ヘヴ

イメタルがきいてあきれるぜ！　笑わせるよ、女ひとりにこんなに振りまわされやがって！」

　思わず声にでてしまった。それから、

「俺はもう狂っているんだろうな。Ｌｏｖｅｒから一秒だって離れていられない」

　ＭＩＫＩＴＯは目を閉じ、右手を軽く額にあてて、天を仰いだ。ほんの少し、髪も揺れた。いい男は何気ない仕草でさえもサマになる。哀愁をおびた男の美しいワンカットである。

　こんな彼がなぜこれほどまでに心をもてあそばれているのだろう？


「ＭＩＫＩＴＯ？」

　Ｌｏｖｅｒが目を覚ましてしまった。

「ごめんよ、Ｌｏｖｅｒ。起こしちゃったね。まだ夜だからおやすみ」

「ちがうの。こっちに来て」

「……Ｌｏｖｅｒ。今、俺は自分を抑えられない。どうしてもお前が欲しいんだよ。だから、そっちに行けない。わかってくれないか？」

ほとんど哀れな「お願い」である。

「ううん。今日はＭＩＫＩＴＯがいなくて淋しかったから、そばにいてほしいの。お願い」

こんな時はさすがのメタルシンガーもなすすべがない。愛するＬｏｖｅｒのかわいい「お願い」にはどうしたってあらがえない。

ＭＩＫＩＴＯはあきらめて立ちあがった。

「もう、どうにでもなれ」

ベッドの中で、後ろからＬｏｖｅｒを抱きしめて、彼女の耳元にささやいた。

「バラードでも歌ってやろうか？　お前みたいに甘い、甘いバラードを」

ＭＩＫＩＴＯはもう迷わなかった。

Ｌｏｖｅｒの小さなかわいい顔を両手で包み、口づけた。

この時、唇は唇で被われ、か細い指は、力強い男の指によって絡められ、固く握られているけれど、Ｌｏｖｅｒはこれを、こわいと思わないようにつとめた。

彼女は瞳を閉じて、いとしい人の姿を思い出してみることにした。

彼女がちょっとおかしなことを言うと、その長身の体を二つ折りにして笑うMIKITO。激しく体をゆすって笑うから、顔が赤い。その顔を大きな手が覆って鼻だけ見えている。その後「Lover」と言って抱き寄せて、やさしい、やさしい笑顔をくれる人。

今朝、彼女がイヴァンの車に乗った時、ミラーに映ったMIKITOの姿。

(悲しそうな顔をして、いつまでも車の方を見ていたっけ。心配させてごめんなさいね。私はいつもあなたに守られているのね)

今までMIKITOが自分にしてくれたことで、悲しかったことはひとつもない。LoverはMIKITOのすることなら、どんなことでも従おうと思った。むしろ、彼が望むような自分でいたいと思うようになっていた。

Loverの目から涙がひとすじ、流れた。MIKITOがそれをやさしく唇でぬぐった。そして、彼女の首筋にキスをして、そのまま顔をうずめていった。

彼女の体のすみずみにまで、自分を刻むために。

ＭＩＫＩＴＯは上体を起こし、彼女の美しい姿をながめた。

そして、Ｌｏｖｅｒの白くて美しい太ももを持ちあげた。彼女は素直に応じたが、顔を横に向けて恥らった。目を閉じ、口に親指の先をあてて緊張している。

（お前はかわいい、生まれたての赤ちゃんみたいだな）

Ｌｏｖｅｒは「儀式」のことを思い出していた。

あの時は、ただこれを済ませたら、ずっとＭＩＫＩＴＯのそばにいられると思った。ＭＩＫＩＴＯは「これが愛だよ」と言ったけれど、Ｌｏｖｅｒが生まれた天界にはなかったし、人間の女としては幼すぎてよくわからなかった。

でも、今は、わかる気がする。

こうしていると、すべてを分け合って、どこからが自分で、どこまでが彼なのか、わからなくなる。

こうしていると、愛する人が自分を求めていることがうれしくなった。

（ＭＩＫＩＴＯは、Ｌｏｖｅｒは俺のものだ、と言うけれど、ＭＩＫＩＴＯもＬｏｖｅｒのものなのね）

Ｌｏｖｅｒは、目の前のたくましい肩を、そっと、かじってみた。

「クスクスッ」

二人だけの世界に連れてきてから、初めて彼女が笑った。

ＭＩＫＩＴＯが気付いて微笑んだ。愛おしそうにかわいい耳にかかった髪をかきあげて、そしてまた彼女の唇にキスをする。

そんなことを、二人は何度もくり返した。

ＭＩＫＩＴＯが、「抱っこ」の時の歌を歌ってくれた。

Ｌｏｖｅｒは俺のかわいい人
Ｌｏｖｅｒは目がかわいい
鼻もかわいい
でも、いちばんかわいいのはその唇
口づけしたらとけてしまいそう
Ｌｏｖｅｒは俺のいとしい人

メタルでもなく、バラードでもない。ただの子守歌を、Ｌｏｖｅｒのためだけに歌う。

ＭＩＫＩＴＯは幸福だった。

「Ｌｏｖｅｒ。俺は今、お前を愛しているんだよ」

「だけどな、Ｌｏｖｅｒ。いちばんかわいいのは、俺に甘えるその声だ」

愛する人は今、自分の腕の中にいる。

Loverより愛をこめて

Lover

悩んでいるのよ
今夜は大事なイヴなのに
何をあげたらいいのか
思いつかない

あのやさしいまなざし
引き寄せる強い腕
熱い唇と
「ねえLover」ってささやく甘い声
あなたは何でも持っているのね
私にはあげられるものなどひとつもない

だからお花を摘んで
髪にはリボンをつけて
私をPresent for you
あなたの好きないちごを抱いて

ごめんなさいねこれしかなくて
ありったけの愛をこめたから
あなたは気に入ってくれるかな？

私はあなたのLove Doll
かわいがってね
愛してあげてね
ずっとずっと
そばにいられますように……
I'll be yours……

The Intermission「カモのひとり言」

ＭＩＫＩＴＯさんは強い酒は飲まない。のどが命のヴォーカリストなら当然だ。琥珀色のグラスの中身はＬｏｖｅｒお手製のはちみつレモンだ。

薄暗い部屋。彼はほの明るい窓際に座っている。月光が照らし出す男は、端正な顔を斜めに傾け頬杖をついた。ステージの他では下しているサラサラの前髪が額にかかって、グッとセクシーだ。男の僕から見ても惚れ惚れするほどいい男。背の低い広口のグラスを上からつかんで一口含む。この人の目は何処を見ているんだろう。きっと、自分のためにこれを作ってくれた彼女を思っているんだろうな。ほんの一瞬口角があがる。やっぱり間違いない。

意外なことに、ＭＩＫＩＴＯさんは少しタレ目なんだな。パワーメタルをシャウトする時は、獣のごとくギラギラしていて気付かないけど、甘いバラードを歌いあげたら、彼のやさしい視線に世界中の女は皆殺しだ。そんな無敵の彼は、心の中に小さな少女を住まわせている。

それがＬｏｖｅｒさ。勝てるわけがない。

しばらくして、何かを決心したように正面を向いて、

「カモ。お前、Ｌｏｖｅｒのことが好きなのか？」

ほとんど抑揚のないストレートな質問だ。

「お前はいい奴だ。マネージャーになって俺たちを支えてくれるし、ベーシストとしても優秀だ。いずれ、お前のやりたい音楽にふさわしいバンドに紹介するつもりだ」

いつもはコキ使ってるくせに、Ｌｏｖｅｒがいるとすぐに追い払うくせに、二人だけの今はやさしいんだな。どこから見てもやっぱり男前だ。そのＭＩＫＩＴＯさんが目の前にいる。僕のことなんか眼中にないと思ってたけど、Ｌｏｖｅｒが係わると一大事ってわけだ。

ＭＩＫＩＴＯさんはそういう人だ。

「あの子は俺の命なんだ。それ以上といってもいい。お前も知ってるだろう？　あいつがいないと俺は生きられないんだよ。あいつはお前を信頼している、もちろん俺もだ。お前を遠くに置きたくない。カモがあきらめてくれないか？」

信じられるかい？　今、世界屈指のメタルシンガーで、誰もが惚れ惚れするほどいい男のＭＩＫＩＴＯさんが、ベーシストの、しかも駆け出しの、この僕に懇願しているんだよ？　これってすごいことじゃないか？

だけど、間違ってるよ。わかってないんだ。僕がＬｏｖｅｒのことを好きだって？　彼女のためにわざわざ日本からやって来たと思ってるの？　笑わせるよ。人の気持ちもわからないくせに、よくそんなので歌なんか書けるよな。

僕は返事をしなかった。もう少し彼を苦しめておこう。決して届くはずのない思いの代償には、軽すぎる罰だけど。

The 3rd Stage「MY DEAR」

ある国に、おとぎ話にでてきそうなお城に見立てたリゾートホテルがある。

その一室で、ＬｏｖｅｒはＭＩＫＩＴＯの腕の中にいて、あふれんばかりの愛をその身に受けていた。彼はいつもそうだった。どんな時も天使のようにかわいい彼女を愛してやまなかった。そして、たくましい腕で抱き寄せて「お前はすばらしいよ」と彼女の額にキスをして、ほめてくれるのだった。Ｌｏｖｅｒはそのたびに、私はなんて幸せなのかしら、と思った。

ＭＩＫＩＴＯはいつだってＬｏｖｅｒを愛し、守ってきた。

今夜のＭＩＫＩＴＯは、Ｌｏｖｅｒの小さなかわいい顔を両手で包むと、逃れようのない真直ぐな視線で彼女のうるんだ瞳を見つめ、

「Ｌｏｖｅｒ、ああMy Dear……。俺の愛が伝わるかい？　お前のすべてを手に入れても、俺はお前のことが欲しいんだ。お前が俺にそうさせているんだぜ。わかっているのか？　これはすべてお前のせいなんだよ」

こんな時、女が愛する男から贈られるなら、おそらく最高の賛辞をささやいて、彼は彼女に愛を注いだ。

それから、ＭＩＫＩＴＯはＬｏｖｅｒを自分の胸の上に乗せてやった。彼女は

その熱い胸でかわいい頬と手のひらをあたためた。幸せはすべてここにあることを知っていた彼女は、やさしい彼にうんと甘えた。

今夜も彼の幼な妻は頼もしい夫に従い、彼に尽くした。お前はすばらしいよ、とほめられて。

「今日はこれにしようか？　はい、バンザーイ」

そう言って、ＭＩＫＩＴＯはＬｏｖｅｒに薄いピンク色のベビードールを着せてやると、胸のリボンを結んだ。Ｌｏｖｅｒはコクン、とうなずいたままうつろな目をして身を任せていた。

そうやって、彼のかわいい人形はこの日の役目を終えた。彼はかわいい唇におやすみの長いキスをして腕に抱き、彼女が眠りにつくまで髪をなでてやった。

ＭＩＫＩＴＯは、夢の中まで愛する人を連れて行くつもりだった。

夜中に、ひとり目を覚ましたＬｏｖｅｒは、彼の端正な男らしい横顔がおだやかな寝息をたてて眠っているのを、息をつめてながめていた。彼女はいつか自分の命をもって、いとしい彼のために犠牲になりたいと思っていた。

「ＭＩＫＩＴＯ。Ｌｏｖｅｒが守ってあげるね」
Ｌｏｖｅｒは、さっきまで激しく愛し愛されていた女の顔から、いつのまにか甘えたの少女の笑顔にもどっていた。幸せがいっぱい詰まった彼の厚い胸に、そっとかわいい頬をのせて自分も目を閉じた。

しかし、まもなく彼女の約束とはまったく逆の事態が、この美しい二人を襲うのだった。

彼らはコンサートツアーの真っ最中だった。セカンドアルバム『MAKE YOU MINE』が大ヒットし、世界の音楽関係者からの評価も高く、あちこちのスタジアムやホールでLOVE DOLLのコンサートが開かれた。どこの会場も満員で、連日二人のファンであふれかえっていた。

この日のライヴも、最高潮を迎えていた。曲は『The Illusion』その名のとおり不思議なフレーズが交差する。やがてギターソロに入った。Ｌｏｖｅｒが爪弾くために可愛らしい口にピックをくわえた。ＭＩＫＩＴＯが彼女の華奢なあごを片手で引き寄せて、キスをするように唇でそのピックを奪いとる、という熱いパフォーマンスの直後に事件は起こった。

興奮したＬｏｖｅｒの熱狂的なファンが、ナイフを持ってステージによじ登って来た。

ナイフの先がライトを反射してギラッと光る。気付いたＭＩＫＩＴＯはとっさにＬｏｖｅｒをギターごとその大きな体で覆い、すぐさま後ろに向いた。彼の背中にナイフが深く突き立った。一瞬の出来事であった。

ＭＩＫＩＴＯのステージ衣装がみるみるうちに血に染まる。抱えられて後ろを向かされたＬｏｖｅｒには、何が起こったのかわからなかった。演奏が止まり、悲鳴が聞こえ、カモがベースを投げ捨てて駆け寄って来る。

「Ｌｏｖｅｒ！　Ｌｏｖｅｒ！」

ＭＩＫＩＴＯが叫ぶ、

「カモ！　Ｌｏｖｅｒをひとりにするんじゃない……」

それだけ言うとＭＩＫＩＴＯはＬｏｖｅｒにかぶさるように倒れこんで、そのまま気を失った。

ナイフの男はすぐに取り抑えられ、連れて行かれた。

「Ｌｏｖｅｒは俺のものだ！」

その汚らわしい口で何度も叫んでいた。

一方、ＭＩＫＩＴＯはすぐに病院に運ばれた。

Ｌｏｖｅｒは泣きながら、救急車の中からずっと握りしめていた彼の手を離した。

ＭＩＫＩＴＯは手術室の中へ吸い込まれるように運ばれていった。

何時間が経ったのだろう？

Ｌｏｖｅｒはコンサートが終わったら、彼に抱っこされて甘えるつもりだった。今夜も、「お前はすばらしいよ。よくやった！」とほめられて、やさしく愛してもらうはずだった。そのＭＩＫＩＴＯがいない。ＭＩＫＩＴＯがいなくなる？　Ｌｏｖｅｒはめまいがした。

ＭＩＫＩＴＯの命令を忠実に守ってそばにいたカモがＬｏｖｅｒをいたわって、

「ＭＩＫＩＴＯさんは日頃鍛えているからこんなのへっちゃらですよ。そのうち『Ｌｏｖｅｒ！』なんて言って、手術室から歩いて出て来るんじゃないですか？」

と、苦しい冗談を言ったが、カモもまた涙声だった。

Ｌｏｖｅｒは神に祈った。かつて本物の天使だった彼女は、祈られたことはあっても、祈ったことは一度もない。

「御父様、どうか、ＭＩＫＩＴＯを助けてください。彼を私に返してください」

「御父様」とはいうまでもなく、神のことである。

ＭＩＫＩＴＯは気を失う寸前まで、愛するＬｏｖｅｒのことだけを気にかけていた。自分の服があんなに血に染まっていたのに。あの恐ろしい光景を思い出して、Ｌｏｖｅｒの目には次から、次から、涙があふれてきた。

「いつだってあなたが犠牲になるのね」

Ｌｏｖｅｒがうつむくと、握った白い手の甲に涙が落ちた。

命よりも大切な人が身を挺して自分をかばってくれたことが、そしてそのやさしい彼が今、死の淵をさまよっていることが、辛くて、怖くて、仕方がなかった。

　この日、ＭＩＫＩＴＯが愛してやまない彼女の、天使のようにかわいい笑顔を見ることはついにできなかった。

　ＭＩＫＩＴＯの手術がまだ終わらないうちに、報道陣が病院に押しかけて来て、リポートを始めた。ベース兼マネージャーのカモは、対応に忙しかったが、「Ｌｏｖｅｒをひとりにするな」というＭＩＫＩＴＯの命令に背くわけにはいかなかった。

　しかし、彼女は健気にもこう言った。

「カモ君。いいのよ、行ってちょうだい。今度こそ、ＭＩＫＩＴＯのことは私が守るから」

　この人が、彼の敬愛する「ＭＩＫＩＴＯさん」にこれほどまでに愛されている理由が、カモにもわかる気がした。

　その時、待合室に、ＭＩＫＩＴＯと同じくらいの長身の男があわてて入って来た。

　世界的ギタリストのイヴァンであった。

「ベイビー……。大丈夫か？　ＭＩＫＩＴＯの奴、エンジェルに心配かけやがって！」

イヴァンはＭＩＫＩＴＯのライバルであり、昔馴染みのソウルメイトであった。

二人は近々、何年かぶりにアルバムを共同制作する予定だった。

イヴァンが来てくれたので、Ｌｏｖｅｒのことは彼に任せ、カモは報道陣の待つ病院のエントランスに向かった。

「イヴァン……。まだ手術が終わらないのよ」

Ｌｏｖｅｒは目に涙をいっぱいためてそう言った。

彼女は、本当はイヴァンに寄りかかって泣きたかったけれど、ＭＩＫＩＴＯの一大事に他の男を頼ってはいけない、そう思っていた。

幼かったＬｏｖｅｒはいくらか大人になっていた。

イヴァンはそんな彼女のいじらしさがせつなくなって、

「俺たち、こういう仕事をしていると、今日みたいな目に遭うことも少しは覚悟しているんだ。ＭＩＫＩＴＯもそうだ。だけど、君だけは守らなくちゃいけない、そう思ったんだろうな。命にかえても」

と、言ってしまってから、不吉な言葉をもみ消すように、

「MIKITOは強いんだぜ。ベイビーよりもつき合いの長い俺様が保証するよ！」

Ｌｏｖｅｒのために、なんとか明るく振る舞った。

しばらくして、やっと手術中のランプが消えた。

ＭＩＫＩＴＯがストレッチャーに乗せられて手術室から出て来た。顔が青白い。

「まさか！」

Ｌｏｖｅｒは心臓が止まりそうになった。

執刀医が後から出て来て、こう説明して言った。

「かなりの重傷でした。体力のある若者だったので、ショックに耐えて命は助かりました。もちろん、まだ予断を許しませんが。刃物が彼の心臓からわずかにそれていたのが幸いでした。ただ、肺を損傷していますので、以前のように歌えるかどうかは今のところはわかりません」

「助かったのね？　ＭＩＫＩＴＯは生きているのね？」

今度こそＬｏｖｅｒはイヴァンの腕の中に倒れこんでしまった。

ＭＩＫＩＴＯは夢を見ていた。

まだ、出会ったばかりの頃の彼女だろうか？　幼いＬｏｖｅｒが、暗い、暗いトンネルのようなところでひとりぼっちで泣いている。

「ＭＩＫＩＴＯ、ＭＩＫＩＴＯ？　どこにいるの？　こわいわ。早く迎えに来て」

彼女は裸足だ。あの白いワンピースを着ている。しゃがみこんで泣きじゃくる彼女の背後に忍び寄る邪悪な影！

「Ｌｏｖｅｒ！　逃げろ！　逃げてくれ！　そこはどこだ？　どこにいるんだ？」

ＭＩＫＩＴＯは命よりも大切なＬｏｖｅｒが今にも襲われそうになったところで、目を覚ました。

「ＭＩＫＩＴＯ、ＭＩＫＩＴＯ？」

たった今、夢に出てきた幼いＬｏｖｅｒとまったく同じ泣き顔の彼女が、自分を見つめていた。

ＭＩＫＩＴＯはいとしいＬｏｖｅｒにまた会うことができた。

それから、彼の幼な妻は、甲斐甲斐しく大切な夫の世話をした。

普段、生まれたままの姿で抱き合っているくせに、ＭＩＫＩＴＯは、かわいいＬｏｖｅｒに体を拭かれたり、着替えをさせられたりすることが、なんだかとっても恥ずかしかった。

「Ｌｏｖｅｒ、自分でするからもういいよぉ」

そう言っても、彼女は、

「ＭＩＫＩＴＯは大きな赤ちゃんですねぇ。さあ、お口を拭きましょうね」

まるで立場が逆転したのを楽しむかのように彼の世話をやいた。

ＭＩＫＩＴＯは、今まで庇護の対象でしかなかった彼女の、自分への献身を心からありがたいと思った。そして、二人が愛し合うことでＬｏｖｅｒが美しい女性に成長したことを感謝した。

それでも時々、彼の大好きなあの愛くるしい笑顔で、自分に甘えてくるのがとても愛おしく、彼女への愛は募る一方だった。

LOVE DOLLは、MIKITOがまたステージに立ち、あのすばらしい歌声を響かせることができるまで活動を休止した。

彼らは互いが互いをいたわって、二人だけのおだやかなくらしを楽しんでいたが、MIKITOの心の奥の方には、気になることがあった。

最近、Loverが彼の愛に応じなくなった？　そんな気がするのだ。

「抱っこの部屋」で、彼の熱い胸に抱かれていても、「Loverね、とっても眠いの」と、彼の胸でそのまま眠ってしまうのだった。そうかと思うと、「お願い、Loverをしっかり抱いていてね。落とさないでね」なんて、すがるような目で彼を見あげてその気にさせるようなことを言う。

(俺が大事なお前を落とすかよ。肩車をしてやった時も、空から降ってきた時も、いつだってこの腕で抱きとめたんだ)

MIKITOは、はじめのうちは、一生懸命に自分の世話をしてくれたから疲れているんだろうな、と思っていたが、度重なるすれ違いにどんどん不安になっていった。

いつだったか、たまらず強引にベッドに連れて行ったら、「お願い。そっとしておいてほしいの」と泣かれてしまった。

Ｌｏｖｅｒはどうしたんだろう？　そういえば、窓辺に座って泣いていたことがある。天使だった頃を思い出して、やっぱり空に帰りたいのだろうか？　彼女の大好きなケーキを差し出しても、「Ｌｏｖｅｒは子どもじゃないのよ。食べたくない」と言って甘いケーキを遠ざけ、前みたいに目をキラキラさせて喜ばなかった。

ＭＩＫＩＴＯは淋しかった。音楽ができないのと同じぐらいの淋しさだった。今夜も自分の胸に抱かれて、ただ眠るだけのＬｏｖｅｒを見て、ＭＩＫＩＴＯは二人が出会った時のことを思い出していた。

お前は俺を愛して堕天使になった。あの時、俺がお前に声をかけなければ、お前が俺のギターに触れなければ、俺とお前はすれ違ったままだっただろう。

ＭＩＫＩＴＯが日本に行った時のことだ。アメリカの大学では、課程を修了する際、よその国での社会奉仕、いわゆる海外ボランティアの経験が必要とされることがある。そこで、日系人である彼は活動場所に日本のハイスクールを選び、そこへ音楽講師として派遣されたのだった。その頃彼はすでにメジャーデビューを果たし、彼の所属するロックバンドが受賞したこともあって音楽業界に実績を残していたので、かなりの有名人だった。「あのロックシンガーがやって来る？しかも高校に？」こんなふうに、当時日本ではちょっとした騒ぎになっていた。

そのハイスクールに入学してきたのがＬｏｖｅｒだった。高校生になったばかりとはいえ、周りの、活発で進んだ今時の女子高生に比べると、彼女は頼りなげでうんと幼く見えた。

ある日、もうとっくに下校時間を過ぎているのに、忘れものを取りに来た彼女は音楽室でＭＩＫＩＴＯに呼び止められて、彼のギターを手にとり見事な演奏をしたのだった。

二人が愛し合うきっかけとなる出来事だった。ＭＩＫＩＴＯはＬｏｖｅｒの演奏に心を奪われてしまった。それから天使のように可愛らしい彼女自身にも。彼は彼女を心から愛していたので、アメリカに戻る時に一緒に連れて帰った。

ごめんよ、Ｌｏｖｅｒ。だが、はっきりわかったんだ。あれは運命だったんだよ。お前は天使の調べで俺のギターを弾いたんだ。エレキだぜ？　ありえないだろ？　なのに今までできいたことのない音色だった。それでいてどこか懐かしいような、生まれる前から知っていたような、そんな感じがしたんだ。あの時、俺の音楽の原点を見つけた気がしたよ。こんな音で歌えたら、こんな曲を作れたらと心の底から思ったよ。お前が一曲弾き終わらないうちに俺は恋に落ちたんだ。わかるかい？　メタルシンガーとして世界に知られた俺がだぜ？　こんな小さな女の子に心ごと奪われちまったんだ。

Ｌｏｖｅｒが本物の天使であることを知ったのは、アメリカに発つ前、日本のある小さな教会で、彼女から告げられた時だった。しかし、彼女の秘密を知っても、ＭＩＫＩＴＯはそれほど驚かなかった。なぜなら男は惚れた女を天使のようだと称えるものだし、実際、ＭＩＫＩＴＯにとってＬｏｖｅｒはやさしくて可愛らしくて、幸せをもたらす天使以外のなにものでもなかったから。

ただ、地上に遣わされた天使には厳しい掟があって、人間の男と恋に落ちて彼の愛を受け入れてはならなかった。掟に背いたものは堕天使とされ、自らその罪を償ったと神が認めないかぎり、二度と空に帰れなくなるのだった。

そしてMIKITOを愛し、彼のもとに残る決心をしたLoverは、天界から追放されてしまった。だからLoverには、この世で頼れるものはMIKITOしかいなかった。

それからMIKITOは彼女のことを大切に、大切に守ってきた。


「それとも、いつまでも再起しない俺に愛想を尽かしたのかな？　よし、Loverにきらわれないためにももっとリハビリをがんばらないと！」

MIKITOは思い直したようにこう言った。そう思う方が建設的だし、実際、気が楽だった。


MIKITOは、ステージでパフォーマンスができない間は、楽曲作りに専念した。何年かぶりにイヴァンとのコンビを復活させ、イヴァンが弾き、MIKITOが歌うはずの超ハードの曲だ。LOVE DOLL結成以降こうしてLoverと活動していると、自然とポップスやバラードの曲調に傾倒して、MIKITOか

らメタル色が失われたと批評されることもあった。彼は世間の評判など、どうでもよかったのだが、

「今度はハードを全面にだすぞ。なんたってあのイヴァンが相手だからな」

と、彼本来の持ち味である、猛々しい音楽に思いを馳せた。

あまりにも激しい曲の構想をしていると、それまで押し込めていたものが湧きあがってくるのを感じる。音楽では、怒りや闘志の感情を表現するとヘヴィメタルになる。ＭＩＫＩＴＯはもともとこの世界の男だった。彼の目にはまた、ギラギラした光が戻っていた。

「Ｌｏｖｅｒのせいで腑抜けになった、なんて言われてたまるか！」

自由に歌えない分、音楽への情熱がどんどんあふれてきた。彼は、深夜まで楽曲作りに没頭した。

夜空も白むころ、ＭＩＫＩＴＯはベッドで眠るＬｏｖｅｒを見下ろしていた。

Ｌｏｖｅｒは、彼の好きな淡いオレンジ色のベビードールを着て、長いまつ毛を閉じていた。

（ん。かわいいな。まるで『Snow White』だ）

彼はひざをついて顔を近付けた。先ほどとは違う、やさしい、やさしいまなざしだった。しかし、それは悲しげだった。

（かわいいＬｏｖｅｒはどうしたんだろう？）

いつものように甘えてくるのに、どうして自分を受け入れないのか、彼にはわからなかった。さっきの楽曲作りで考えていた満たされない歌詞を口ずさんでいたら、どうしても彼女の愛を確かめずにはいられなくなった。

眠るＬｏｖｅｒの胸元のリボンをほどいた。美しい白い肌をしばらく見つめていた。

かつて、「ボインになったらね」なんて冗談を言っていた頃が懐かしい。

「あの時は笑ってくれたのに」

美しいその胸にそっと頬をよせた。このままＬｏｖｅｒと心が通わなくなったら……。そう思うと涙が流れてきた。

「Ｌｏｖｅｒ。俺に愛をくれないか？」

とつぶやいていた。

そのまま彼女のかわいい耳たぶを少し噛んだところで、Ｌｏｖｅｒが目を覚ました。

Ｌｏｖｅｒは愛するＭＩＫＩＴＯによって、すでに体の自由を奪われていたから、目に涙をためてこう言った。

「ごめんなさいね。でも、ゆるしてほしいの」

顔を横に向けて目を閉じた。そして、かわいいえくぼを濡らしてしくしく泣いた。

ＭＩＫＩＴＯは悲しかった。泣きたいのは彼の方だった。

やがて、ＭＩＫＩＴＯの傷はすっかり癒えた。そして、忍耐強くリハビリに励んだ結果、心配された声量にも影響はなく、シンガーとして復活することを宣言した。

その夜、ＭＩＫＩＴＯとＬｏｖｅｒは二人だけでお祝いをした。あのクリスマスイヴのように仲良く、楽しく、夜が更けていった。

ＭＩＫＩＴＯはソファーに座ると同時に、Ｌｏｖｅｒを抱きあげてひざに乗せ

た。かわいいあごを指で持ちあげて、

「Ｌｏｖｅｒ。少しやつれたんじゃないか？　しっかり食べているのか？　お前はダイエットなんかしないでおくれよ」

　大切な人形をかわいがるように、髪をなでながら彼女を抱きしめた。

　ＬｏｖｅｒはＭＩＫＩＴＯの指が熱くなるのを感じた。彼女も本当はこのまま彼の愛が欲しかった。だからしばらく黙ってじっとしていたが、

「ＭＩＫＩＴＯはイヴァンとまた、バンドを組んで音楽をするのよね？」

と、きいた。

「ああ、今、その曲を書いているんだ。なかなかうまくいってるぞ。完成したらお前もきいてくれ」

　ＭＩＫＩＴＯが答えると、彼女は、

「そうね。イヴァンがいれば、ＭＩＫＩＴＯは寂しくないわね」

と言ったので、

（ああ、これだったんだな）

　Ｌｏｖｅｒがこの頃ふさぎ気味だったのは淋しかったんだな、かわいいＬｏｖ

erは、イヴァンに俺をとられるんじゃないかってやきもちをやいていたんだ、と思った。

ＭＩＫＩＴＯは、Ｌｏｖｅｒの髪を自分の指に絡ませながら、

「イヴァンとアルバムを出したって、LOVE DOLLは続けるさ。これはあくまでも、俺の一時的なソロ活動だ」

と、言い訳に近い説明をした。

彼は自分を頼りにしているＬｏｖｅｒがいじらしくなってうれしかったが、彼女は、彼の予想に反してこう言った。

「私、しばらくギターは弾かない。ステージにも立ちたくないの」

「Ｌｏｖｅｒ、機嫌をなおしてくれよ。お前と一緒に音楽ができないなんて考えられないよ」

とＭＩＫＩＴＯは甘えてみせた。

「いいえ。ＭＩＫＩＴＯにはＭＩＫＩＴＯの音楽をしてほしいの」

Ｌｏｖｅｒはそう言って、顔をあげて彼の頬に手を伸ばし、それまで伏せていた長いまつ毛をゆっくり上に向け、すがるような目をして彼を見つめた。

「ねえMIKITO。私がどうして、あの日、あんな時間に音楽室に行ったと思う？」

Ｌｏｖｅｒは二人が出会った日本のハイスクールでの話をしていた。

「私は、あなたが私を呼び止める前から、ううん。もっとずっと前から、新しく来ることになった音楽の先生を愛していたのよ」

ＭＩＫＩＴＯにはＬｏｖｅｒの言っている意味がわからなかった。

「まだ幼い私は、空からずっとあなたをながめていたわ。なんて素敵な人かしら？って。天使の私は地上のあなたに片思いをしていたのよ。ＭＩＫＩＴＯは太陽みたいに眩しかったから、どこにいてもすぐに見つけられたわ。私は雲の切れ間からあなたが歌う姿を見ていたのよ。あなたは右の手を高く、高く、あげるでしょ？こちらから手を伸ばしたら届きそうだったわ」

彼女は思い出したのかクスッと笑った。そして当時の、彼への恋心を正直に告げた。

「あなたの歌声がきこえてくると、どうしても会いたくなってしまったの。ううん。あなたは私に気付かなくてもかまわない。ただ、そばにいたいと思ったのよ。そしてあなたの肩に乗って、いつだってあなたが悲しいことよりも、うれしいことを選べるようにお手伝いがしたかったの」

ＭＩＫＩＴＯはＬｏｖｅｒの語る話から、幼い頃に亡くした母親のことを思い出していた。

（母さん）

ほとんど記憶もないはずの母の面影が、Ｌｏｖｅｒのやさしい顔と重なって見えた。母は空から自分のことを見守ってくれている、と心の中でいつも信じていたから。

Ｌｏｖｅｒのやさしいひと言、ひと言に、包まれていくようだった。彼はまるで母の腕の中にいるように感じた。

「あなたが二十歳になったお祝いに、守護神が遣わされることを知った私は御父様に頼んだの。私を彼の守護神にしてくださいって。御父様は私をとてもかわいがってくださっていたからお許しになったわ。でも、『決して彼の愛を受け入れてはいけないよ。空に帰れなくなるのだから』とおっしゃったの。私にはその約束を守ることはとうとうできなかった」

Ｌｏｖｅｒはそこでしゃべるのを少しやめた。

そしてついに、本当のことを打ち明けた。

「あなたが日本のハイスクールに行くとわかって、その音楽室でずっと待っていたのよ。誰にも気付かれないよう姿を消して。だけど、あなたは私を見つけて声をかけてくれたわ。どうしてあなたに私の姿が見えたのか、今でもわからない。だから、とっさにこう言ったの。『新入生です、忘れものを取りに来ました』って」

ＭＩＫＩＴＯは当時の自分の記憶を探っている。ＬｏｖｅｒはＭＩＫＩＴＯがこれまで信じて疑わなかった二人の出会いに、そっと隠していた彼女の思いを告白し続けた。

「そして、あなたに言われるままに、私は弾いたこともないギターを手にとって演奏したの。天使ならばだれでも空で奏でている竪琴に見立ててね。いつだって空からあなたが楽器を弾いたり、歌ったりしているのを見ていたから簡単だったわ。だから、音楽が私たちを結びつけたのではないのよ。ただ、ただ、恋しいあなたに会いたくてやって来たの。そのまま私は守護神として、あなたには気付かれずに一生そばにいるつもりだった。それなのに出会ってしまったの。だけど、あなたも私をこんなに愛してくれてとてもうれしかったわ」

そこでＬｏｖｅｒはいとしいＭＩＫＩＴＯを見つめる視線を外し、うつむいて今度は彼の胸に語りかけた。

「私があなたの未来をかえてしまったの。私があなたの前に現れなかったら、あなたはアメリカに帰って元のバンドに戻ったでしょう？　あなたのやりたい音楽を続けていたはずよ。だから、これからはあなたが思うような音楽をしてほしいの。そのためにイヴァンにも会いに行ったのよ。あなたともう一度、音楽をする気持ちがあるかどうかを確かめるためにね」

ＭＩＫＩＴＯはじっと聞いていた。俺の音楽とはなんだろう？　と思いながら。

「あなたがあの日、ステージで私をかばってけがを負い、生死の境をさまよった時、私のせいであなたが罰を受けたのだと思ったわ。私はいつでもあなたの犠牲になるつもりだったのに、あなたの守護神は私なのに、いつもあなたが私を守ってくれたわ。だから御父様はあなたを私に返してくださった。私は人間の女になって、年をとり、やがてこの命は尽きるけれど、あなたのそばにいられて幸せだわ。これまでの二人をご覧になって、御父様は私たちにお祝いの贈り物を下さったのよ」

　MIKITOはLoverとの出会いにまつわる、彼が知らなかった真実を聞かされて記憶をたどるのをやめた。

　MIKITOはいつだってLoverが彼を愛するよりも、自分の方が深く彼女を愛していると思っていた。だがLoverは、二人が出会う前から自分を愛してくれていたのだ。自ら守護神になることを申し出て、その掟をやぶってまで自分と結ばれたと言うのか？　彼女はこれほどの愛を抱いて自分のところへ来てくれたのだ。

　MIKITOはLoverをこれ以上強く抱きしめられないほど強く抱きしめ、これ以上愛せないほど愛した。そしてこう答えた。

「音楽だってなんだって、お前の言うとおりにするさ。俺のお前が望むなら」

　こうしてやさしい守護神は、愛するMIKITOのために彼がうれしいことを選べるようにお手伝いをした。

明かりを落とした「抱っこの部屋」で、彼が来るのを待っていたＬｏｖｅｒは、

「ＭＩＫＩＴＯ。Ｌｏｖｅｒを抱っこして。お願い」

幼い子どもがやるように、両手を上にあげてＭＩＫＩＴＯが大好きな可愛らしい笑顔で彼にねだった。彼は、明日から勇ましいその容姿でパワーメタルをシャウトする、とはとても思えないやさしい、やさしい笑顔で、

「かわいいＬｏｖｅｒのお願いは大歓迎さ」

軽々と彼女を抱きあげて、「高い、高い」をしてからピンク色の頬にキスをして、やっとその胸に抱いた。Ｌｏｖｅｒが喜びそうなことをなんでもしてやりたかった。

「あのね、Ｌｏｖｅｒね、お母さんになるみたい。言ったでしょう？　御父様からの贈り物のこと」

「ああ、えっ？　Ｌｏｖｅｒが？　お、お母さんになるの？」

ＭＩＫＩＴＯは驚くと同時に、それまでの謎を一瞬で解いた。

彼女は彼の愛を拒絶していたのではなく、その身に授かった小さな愛の結晶を、体の奥で大事に、大事に守っていたのだった。かよわくても小鳥が必死にたまご

を抱くように。

そうしてこれまでの不安が喜びに入れかわった。

（こんなにかわいい俺のＬｏｖｅｒが母親になるなんて？）

自分だって父親になるくせに、ＭＩＫＩＴＯには想像もできなかった。そして、やがて生まれてくる子を待つ夫婦なら、必ず言いそうなセリフを彼らも言った。

「Ｌｏｖｅｒによく似たかわいい女の子を産んでくれよ」

「あら、ＭＩＫＩＴＯのようにたくましくってやさしい男の子がいいわ」

Ｌｏｖｅｒが少し恥ずかしそうに顔をあげて、かわいいえくぼをみせた。

（ああ、この顔が好きなんだ）

この時、ＭＩＫＩＴＯはＬｏｖｅｒのかわいい唇を逃さなかった。そして、今度こそ彼女が自分を受け入れてくれるまで離さなかった。

やがて、Ｌｏｖｅｒがほんのわずかに彼の背中に爪を立てたのを感じると、ＭＩＫＩＴＯはＬｏｖｅｒをやさしく横たえた。

彼は彼女の体を慈しむようにいたわって、それでも両方の細い手首を力強くつかんで彼女を支配した。もう、これほどまでに愛する女を逃がすつもりも、ゆるすつもりもなく、ただ全身で愛を捧げた。

Ｌｏｖｅｒは ＭＩＫＩＴＯがねだる彼女のすべてを彼に与えた。この心も体も、生まれる前から愛する人のものだったから。

「ねえＬｏｖｅｒ。子どもが生まれたら、俺は嫉妬してしまいそうだよ」

ＭＩＫＩＴＯはもう、すねたような顔で言った。

「まあ？　ＭＩＫＩＴＯは大きな赤ちゃんなのね」

Ｌｏｖｅｒがやさしく髪をなでた。彼女にそうされるとＭＩＫＩＴＯはうれしくなって、

「そうさ、俺はママがいないと生きられないんだ」

と言って、また彼女の胸に顔をうずめて甘えてみせた。まるで幼い子どものように。

その夜、二人だけの世界で、ＭＩＫＩＴＯはＬｏｖｅｒを思いっきり独占した。

LOVE DOLL

Lover

月明かり今夜　沈んだ太陽をからだに浴びて
夜空に浮かぶ私きれいでしょ？
輝くあなたの化身だもの
だけど裏の凍える湖をあなたは見たことがない
強い光の陰は冷たいものよ

太陽のように眩しくてあなたはなんて愚かな人
あなたの愛に焼き尽くされてもうすぐ消えてゆく私
命と引きかえに愛されることを選んだの
私はあなたのLove Doll
魂だけはそばにいさせて

太陽のように激しくてなのにあなたは哀しい人
あなたの愛に沈められて息ができなくてもかまわない
命と引きかえに愛されることを望んだの
私はあなたのLove Doll
魂だけはそばにいさせて

どんな服でも着られるわ
どんなポーズもきめてみせる
私はあなたのLove Doll
あなたが孤独にならないように

命と引きかえに愛されることを選んだの
私はあなたのLove Doll
魂だけはそばにいさせて

The Final Stage「ANGELS IN HEAVEN」

ここは、アメリカ。とある都市のしゃれた白い一軒の家には「抱っこの部屋」がある。この部屋には、作り付けのサイドボードと大きなミラー、それとチェアが一脚あるだけだった。が、今はかわいい白いベビーベッドがひとつ置かれている。

「抱っこの部屋」で、さっきから何度もＭＩＫＩＴＯはせつない声をあげていた。

「Ｌｏｖｅｒ。もういいかい？　俺はもう待ちきれないよ。早く俺の腕にお前を抱かせてくれよ」

「しーっ！　ＭＩＫＩＴＯったら、だめじゃない。やっとＨｏｎｅｙが目を閉じたところだったのに」

かわいいＬｏｖｅｒが眉をよせ、親指を立てて「めっ！」と合図した。

ＭＩＫＩＴＯは今夜もＬｏｖｅｒの愛をえるための順番待ちをしていた。

彼らのベビーは「Ｈｏｎｅｙ」と呼ばれ、ＭＩＫＩＴＯの願いどおりＬｏｖｅｒにそっくりな、それは、それは可愛らしい女の子だった。

「Ｈｏｎｅｙ。頼むから早く寝てくれよ。お前は一日中やさしいママに抱っこされて甘えていたんだろう？　ママは、夜はパパのものなんだぞ」

Ｈｏｎｅｙには、まだ言葉なんか伝わらないのにＭＩＫＩＴＯは必死にうったえている。

「パパがママを抱っこしてあげないと、ママが疲れちまうだろう？」

とうとう、とってつけたような理由も添えてみた。

パパに話しかけられてＨｏｎｅｙは完全に目を覚まし、クリクリした目をしっかり開けてＬｏｖｅｒに甘えている。ＭＩＫＩＴＯはこの、突然現れたかわいいライバルと毎晩、ママの争奪戦をくり広げていた。彼の小さな敵はとてつもなく手ごわい。まさに最強だった。苦戦しているＭＩＫＩＴＯのとなりで、愛するＬｏｖｅｒがクスクス笑った。

ＬｏｖｅｒはＭＩＫＩＴＯに心から愛され、幼くして母になったが、彼女自身も男が守ってあげたくなるような可憐な少女のままだった。

今や片手の指で数えられる最強のメタルシンガーのひとりと称され、そのうえ、とんでもなくカッコよくて男らしい容姿が世界中に知れ渡っているＭＩＫＩＴＯだが、彼のスイートホームではこのありさまなのである。

ＭＩＫＩＴＯはいつだって彼女たちを愛し、守っていた。

しばらくして、やっとＨｏｎｅｙがその円らなママ似の瞳を閉じて眠りについた。

Ｌｏｖｅｒがそおっと、そおっと、ベビーベッドに寝かしつけた。ＬｏｖｅｒはＨｏｎｅｙのかわいい鼻先にキスをすると、振り向いてＭＩＫＩＴＯを見あげた。

もうＬｏｖｅｒは、さっきまでのやさしい母の顔ではなく、彼の大好きな幼い可愛らしい少女の顔をしている。

「今度はパパが私をやさしく愛してね」

と、合図しているように見えた。

かわいいＬｏｖｅｒは両手をＭＩＫＩＴＯの方へ伸ばし抱っこをねだった。

「やっと俺の番だな」

ＭＩＫＩＴＯはやさしい、やさしい笑顔で可愛らしい妻を抱きあげて、今日の彼女の苦労をねぎらった。

「疲れただろう？　Ｌｏｖｅｒ。俺がうんとかわいがってやるからな」

彼はいたわるように彼女の頭をなでてやり、そのまま自分の胸にそっと押しつけた。

Ｌｏｖｅｒは頼もしい夫の胸に抱かれて目を閉じた。

この胸にはいつも幸せがいっぱい詰まっている。


「だめよ、Ｈｏｎｅｙが起きちゃうわ」

「さっき魔法をかけておいた。朝までぐっすり眠れるように」

「まあ、ＭＩＫＩＴＯったら。クスクスッ」

「さあ、お姫様、My Dear……。俺に甘えてくれないか？　俺は一日中、かわいいお前が欲しくてたまらなかったんだぜ」

そう言ってＭＩＫＩＴＯはＬｏｖｅｒの目を見つめると、長い、長いキスをして、彼女のためだけに愛の歌を歌いはじめた。そのやさしい唇と燃えるように熱い指先で。

パパの魔法が効いたのか、それとも早くも弟か妹が欲しくなったのか、Honeyは本当に朝までぐっすりと眠った。かしこい娘のおかげで、その夜、若いパパとママは二人だけの世界でたっぷり愛し合うことができた。

MIKITOはあの悪夢のような事件で大けがを負い、一時は引退さえささやかれたが、この強い男はかわいい妻の献身のおかげもあって、見事にシンガーとして復活を遂げたのである。

そして約束どおり、世界的ギタリストでMIKITOのソウルメイトであるイヴァンと、RE-BIRTHという名のロックバンドを立ちあげた。かつてのRISING STARSファンはもちろんのこと、LoverとのユニットLOVE DOLLでMIKITOにすっかり夢中になった女たち、それにイヴァンの熱狂的崇拝者であるギターキッズなど、世界中のありとあらゆる音楽好きが、二つの才能の再結合を心から歓迎した。

イヴァンの作る曲を、彼の思うように歌いあげるMIKITO。MIKITOの熱いヴォーカルがさらに際立つようにギターを掻きむしるイヴァン。二人の息はぴったり合った。あちこちのスタジオでももちろんライヴでも、素晴らしいパフォーマンスがくり広げられた。

彼らの人気はすでに絶頂であった。発表する曲、リリースしたアルバム、すべてが飛ぶように売れた。RE-BIRTHは世界中のいたるところでコンサートツアーを展開した。

Ｌｏｖｅｒの願いどおり、ＭＩＫＩＴＯはその才能と情熱をもって自分の音楽を追求した。この現実はその結果であるから、二人にとってもこの上なく喜ばしいことではあるのだが、子どもが生まれたばかりの幼い妻をひとりにして、長期ツアーに出かけて行くのはＭＩＫＩＴＯにとって気の重いことであった。いつだってＬｏｖｅｒのことはＭＩＫＩＴＯが守ってきたのだから。

今度も困ったような顔をして、ＭＩＫＩＴＯは言い出した。

「Ｌｏｖｅｒ。次は日本に行ってくる。日本は俺たちが出会ったところだし、お前を連れて行きたいが、Ｈｏｎｅｙに長旅はまだ無理だ。お前も疲れるだろうから、ここで俺を待っていてくれないか？」

それを聞いたＬｏｖｅｒは、

「大丈夫よ。ＭＩＫＩＴＯはイヴァンと最高のパフォーマンスをしてきてね。私はＨｏｎｅｙとあなたの帰りを待っているわ」

と言って彼の腕に甘えた。

本当は心細いし、淋しかったのだけれども。

数日後、ＭＩＫＩＴＯはイヴァンとともにRE-BIRTHとして初めてのジャパンツアーに出かけて行った。そういえば、その存在をしばらく忘れられていたが、カモも同行した。

今夜のライヴももちろん大成功だった。二人は幾度ともなくくり返される熱いアンコールに応え、やっと控室に戻っていた。

「お前のＬｏｖｅｒがケーキを食べてくれないと俺は太る一方だぜ」

甘いものに目がないイヴァンは、今日もファンからの大量の差し入れやプレゼントを物色していた。それを聞いて、Ｌｏｖｅｒに会えなくて淋しい毎日を送っていたＭＩＫＩＴＯは、少しイヴァンに八つ当たりをした。

「お前、それ以上太ったらみっともないからクビにするぞ」

自分の首に長い指をそろえてあててみせた。

イヴァンはＭＩＫＩＴＯと同じくらいの長身の男で、髪はふわっと長く、いつだって少しすねたようなその顔は驚くことにちょっとベビーフェイスであった。ＭＩＫＩＴＯを正統派の男前とするならば、イヴァンは一見ナンパで、気をつけていても、つい女がいつの間にかハマってしまうタイプの男だった。だからイヴァンが弾き、ＭＩＫＩＴＯが歌う、こんなカッコいい二人を同時に見られるRE-BIRTHは、音楽にそれほど詳しくない人びとでさえ、見てもきいても酔いしれる最高のロックバンドであった。

ジャパンツアーは連日彼らを見ようと殺到するファンでごったがえしていた。

そうして、スケジュールはちょうど折り返しを迎え、充電のためのオフを一日だけ、それぞれが楽しんだ。マネージャー兼ベーシストのカモは里帰り、イヴァンは来春結婚する大富豪の彼女におみやげの贈り物を選びに行った。

「お前、店ごと買ってくるなよ」

別れ際にＭＩＫＩＴＯにくぎを刺されたイヴァンもまた、女を強烈に愛する男であった。

さて、ＭＩＫＩＴＯは日本の古都にあるハイスクールを訪ねた。それは学生時代、ボランティアの音楽講師として派遣された学校だった。

「何がうれしくてこの俺が、ガキどもにいまさら音符を教えてやらなきゃいけねえんだよ！」

所属するロックバンドが受賞して、どんどん売れ出した頃の彼は、自分の音楽を表現することが楽しくて仕方なかった。だから、こんな活動には全然興味がなかったのだ。

そう、この場所には人生で最もうれしい出会いが待っていたとも知らずに。

ＭＩＫＩＴＯとＬｏｖｅｒの二人が初めて出会った音楽室。

生徒たちが下校した後、ＭＩＫＩＴＯはひとりで足を踏み入れた。もうあの時と同じ、すっかり日が暮れて人気のない校内は静まりかえっている。ここは普通の教室より広くて、ミニコンサートならなんとか開けるくらいの大きさだ。この少しすり鉢状のホールになっている音楽室はさらにひっそりしていた。どこの学校でも同じだが、ベートーベンやバッハなどの偉大な音楽家たちの肖像画が、壁時計の横にずらりと掛けられている。

このハイスクールは、公立の高校にしてはめずらしく、生徒たちはみな、私服である。だから、Ｌｏｖｅｒが周りの女子高生よりも幼げに見えたとしても、また、この教室にいたのだから、ここの生徒だと彼が思いこんだのも当然だった。

当時の記憶をたどりながら、ＭＩＫＩＴＯは教壇からホールを見渡した。

（あの日、どうして俺にだけ彼女の姿が見えたんだろう？）

天使だったＬｏｖｅｒが、誰にも見つからないように自ら姿を消していたにもかかわらず、ＭＩＫＩＴＯには彼女のことが見えたのだった。

Ｌｏｖｅｒに、二人が出会った時の真実を打ち明けられた時から、そのことがずっと気になっていた。

（ひょっとして、俺も天使だったりして？）

「あははは！　男の天使がヘヴィメタルなんかやってられねぇよな」

自分の想像がたまらなくおかしかったので、ＭＩＫＩＴＯは誰も見ていないのがもったいないぐらい、カッコよくてそれでいてどこか甘い雰囲気の、そのままグラビアにして永久保存しておきたくなるような、そんな笑顔になった。

とにかく、ここで奇跡が起きたんだ。あの時、Ｌｏｖｅｒはどれぐらいの間、俺が来るのを待っていたのだろう？　知らない場所で、たったひとりでこわかったに違いない。甘えたのあいつのことだから、きっと淋しくて心細かっただろうな。それでも俺に会うためにずっと待っていてくれたんだ。

そう思うと、今もいとしい彼女を、遠く離れたアメリカにひとり残して来たことが気になって仕方がなかった。

(早く会いたいな。俺のかわいいＬｏｖｅｒに)

「Please stay by my side……」

ＭＩＫＩＴＯは即興で、Ｌｏｖｅｒに捧げる甘くてせつないバラードを、音楽室のピアノで弾いてみた。

その頃、Ｌｏｖｅｒはアメリカの家でＨｏｎｅｙの世話に大忙しだった。こんな時、若い彼らの親が手伝ってくれたり、孫の面倒を見てくれたなら、どんなに助かるだろう。しかし、かつて本物の天使だった彼女には当然身寄りはない。ＭＩＫＩＴＯの母親も彼が幼い頃にすでに他界していたので、Ｌｏｖｅｒが頼れる人は本当にＭＩＫＩＴＯ以外にいなかった。これから大事な仕事に行く夫には「大丈夫よ」とは言ったものの、慣れないことばかりでひとりぼっちはとても辛かった。

Ｌｏｖｅｒは愛するＭＩＫＩＴＯが無事にツアーを終えて、彼女のもとに帰って来てくれる日を指折り数えて待っていた。

そんなある日、彼らの家にひとりの女性が訪ねて来た。

「あなたがＬｏｖｅｒね？　彼が日本へボランティアに行った後、連絡をもらって聞いていたけど、まるで本物のエンジェルみたいね。テレビで見るよりうんとかわいいいわ」

Ｌｏｖｅｒを見るなり彼女はそう言って微笑んだ。背がスラリと高くて長い髪をしている。初めて会うＬｏｖｅｒにもはっきりとした口調で話し、親しげな笑顔だ。ひとりで心細かったＬｏｖｅｒは、頼れるお姉さんみたいな人だと思った。

（ＭＩＫＩＴＯのことを彼と言ったわ。きっとお友だちなのね）

ＭＩＫＩＴＯの不在を告げると彼女はまた出直してくると言ったが、ＬｏｖｅｒはこのところずっとＨｏｎｅｙと二人きりで、一方通行の会話しかしていなかったので、このやさしそうな女性とお話がしたくなった。

Ｌｏｖｅｒは彼女をリビングに通してお茶を出した。

彼女は名前をジーナといった。ジーナの話によると、ＭＩＫＩＴＯよりいくつか年上で、彼が無名の頃からの知り合いだという。ＭＩＫＩＴＯは彼女が以前やっていた小さなバーの客だったようで、彼の下積み時代の思い出話をした。

今や世界的実力派のシンガーとして名声をえているＭＩＫＩＴＯだって、初めから有名だったわけではない。いわゆる下積み生活の苦労を彼女に支えてもらっていたわけだ。

そこまで聞くと、かつては天使だったしまだ若くて人間関係には疎いＬｏｖｅｒでも、二人はただの友だちではなさそうなことに気がついた。

ジーナは長居はしなかった。またＭＩＫＩＴＯが帰国したら会うつもりだと言

って帰って行った。帰り際に、スイングチェアで眠っているＨｏｎｅｙを見て、

「この子はあのＭＩＫＩＴＯの子どもなの？」

と、やさしい、やさしい目をして愛おしそうにしばらくながめていた。

Ｌｏｖｅｒは、出したお茶の後片付けもせず、いつもＭＩＫＩＴＯが自分をひざに乗せてくれるソファーにひとりで座って考えていた。

こういう現実に直面した場合、

「ＭＩＫＩＴＯはあれほどの男だもの、そういう話のひとつやふたつあったって不思議じゃないし、ない方がかえっておかしいわよね」

そう言って、普通の人間の女ならなんとか折り合いをつけるところだが、地上に来てから今まで、ＭＩＫＩＴＯの愛情を一身に受けてきたＬｏｖｅｒは、彼にも過去があるなんてことを思ってもみなかった。彼がまだ学生だった頃の話だし、きっと仲のいいガールフレンドが、彼が有名になったので懐かしくなって訪ねて来ただけだと思うことにした。

だけど、そう思おうとすればするほど気になって、その夜はＨｏｎｅｙが早く

寝てくれたのに、Ｌｏｖｅｒはほとんど眠れなかった。

それから数日が経って、Ｌｏｖｅｒが指折り数えて待っていたその日がついにやって来た。

今日は、いとしいＭＩＫＩＴＯが成功裏にジャパンツアーを終えてＬｏｖｅｒのもとに帰って来るのだ。

「Ｈｏｎｅｙ。パパが帰って来るのよ。二人でうんとパパに甘えましょうね」

かわいいＨｏｎｅｙに頬ずりして、Ｌｏｖｅｒは娘と喜びを分かち合った。

Ｌｏｖｅｒは玄関の扉が開くのを今か、今かと待っていた。やさしい、やさしいＭＩＫＩＴＯが「Ｌｏｖｅｒ！　ただいまっ！」と言って彼女を抱っこしてくれるのを。

ＭＩＫＩＴＯはＬｏｖｅｒの期待をまったく裏切らなかった。

「バーン！」と玄関の扉を勢いよく開け、そのまま閉めるのを忘れ、彼を出迎えたかわいい妻を無言で抱きあげ二つ折りにして肩にかつぐと、そのまま彼らの部屋に連れて行った。

「Ｌｏｖｅｒ！　ただいまっ！」と言ったのは、彼女をベッドにおろしてからだった。

MIKITOはＬｏｖｅｒの真上から、彼女の顔を懐かしそうに見下ろした。愛おしいものを見つめる時の眉の形が、彼の心を表していてとても美しい。彼の大事なそのかわいい目も、鼻も、唇も、自分が不在の間に変わりはなかったか、とゆっくり確かめた後、

「Ｌｏｖｅｒ、My Dear……。俺はお前が恋しくてたまらなかったんだよ。話は後だ」

それだけ言って、そのまま唇を合わせ、彼女を愛しはじめた。

愛し合う二人なら、待つ身のＬｏｖｅｒの方がずっと淋しかったはずなのに。Ｌｏｖｅｒはまだ「お帰りなさい」も言わせてもらえていない。だけど、そんな彼の一途さがＬｏｖｅｒはとてもうれしかった。それにだからといって、MIKITOは感情にまかせてＬｏｖｅｒをただ一方的に扱ったのではなかった。

彼は彼女の華奢な左の肩をやさしくつかんで唇にキスをした。大事な妻を敬う

ようにていねいに。だから、彼女は右の手の指を微かに動かした。すると、彼はそのかわいい指に自分の指を絡ませた。細い首筋に熱い唇をあてると、ＬｏｖｅｒがＭ耳元でせつない声をもらしたので、今度はその唇でそのまま彼女の口をふさいだ。こうしてＭＩＫＩＴＯはＬｏｖｅｒの反応のひとつ、ひとつに寄り添うように愛を尽くした。

淋しかった二人は言葉のいらない会話をして久しぶりに語らった。こんなふうにＭＩＫＩＴＯがＬｏｖｅｒを愛していると、彼女はもうひとりぼっちではないと感じた。Ｌｏｖｅｒはやっと、それまで抱えていた不安と孤独を、小さな体とともに頼もしい夫にゆだねることがゆるされた。

それからＭＩＫＩＴＯは、健気に娘と家を守った幼い妻に感謝して、ごほうびにうんと甘えさせてやった。やっぱり彼女はとても可愛らしかった。

あくる朝、ＭＩＫＩＴＯが楽譜を整理していると、部屋にＬｏｖｅｒが入って来てこう言った。

「あのね、ＭＩＫＩＴＯがいない間にね、ジーナという女の人がＭＩＫＩＴＯを訪ねてやって来たの。MIKITOの古いお友だちなんだって。MIKITOが帰るころにまた来るって」

MIKITOは楽譜をめくる手を止めて、Loverの言葉をリプレイしているようだった。

そして、Loverの方ではなく、どこか遠いところを見つめて、

「そうなの」

と言ったまましばらく動かなかった。

Loverは Honeyが泣いたので、そのまま何も聞けずに部屋を出て行った。

(ジナに何かあったに違いない)

彼女の名前は、Loverの言ったとおりジーナである。しかしMIKITOは短く「ジナ」と呼んでいた。その方が、女らしい感傷的な響きより、MIKITOのうなだれた顔をいつも前に向かせてくれる明るい彼女にふさわしいと思っていたからだ。

そんなジーナは、かつての恋人が成功して有名になったからといって、わざわざ訪ねて来るような愚かな女ではなかった。

ジーナはある町で、小さなバーをやっていた。ＭＩＫＩＴＯよりいくつか年上だった。ひょっとするとＭＩＫＩＴＯとＬｏｖｅｒぐらい歳が離れていたのかも知れない。母親のいないちょっと生意気なＭＩＫＩＴＯを、少年の頃から陰になり日なたになり、かわいがってくれた人だ。

（あの頃の俺は短気なくせに夢ばかりデカくて、よくジナの手をやかせたな）

昔の思い出が走馬灯のように彼の脳裏を駆けめぐる。

彼女はＭＩＫＩＴＯやイヴァンなどの、夢を持ちながらその才能をもてあましている若者の面倒をよくみてやっていた。まさに、母がわり、姉がわりであった。

いつしかＭＩＫＩＴＯの才能を愛し育ててくれたジーナと若い彼は、自然と恋人の関係になっていった。

だが、成長過程にある男というものは、時が来るといずれ母の腕の中から飛び立っていくものである。ＭＩＫＩＴＯが一人前になることが、すなわち二人の別れの時であった。ジーナなら、それは百も承知であっただろう。まさか、成功した彼にぶら下がって恩恵を受けようなんて微塵も思ったことはないし、彼の心の負担にもなりたくなかった。彼の翼を完全に自由にして飛ばせてやるのが自分のつとめだと思っていた。ＭＩＫＩＴＯがジーナの胸に帰って来なくなった時、そこには寂しさと誇らしさが同居していた。

そんな彼女がＭＩＫＩＴＯを訪ねて来た。よほどのことがあったに違いなかった。

ＭＩＫＩＴＯはジーナに会いに行くことにした。

Ｈｏｎｅｙをあやした後、Ｌｏｖｅｒはキッチンにいた。久しぶりに愛する夫のためにはちみつレモンを作っていた。ジーナの話をしてからＭＩＫＩＴＯの顔をまだ見ていなかった。

少しだけ不安だった。

「Ｌｏｖｅｒ。今日のはちみつレモン、いつもより酸っぱくない？」

ＭＩＫＩＴＯが「これでもか！」と言わんばかりにわざとＬｏｖｅｒに向けて、

あざといセクシーウィンクをしながら飲んでいる。ギタリストのイヴァンに言わせるなら、彼の大事なアンプがオーバーヒートして彼女から白い煙が出そうな悩殺技をかけている、といったところだ。

（ジーナのことを考えながらレモンを絞ったから、力が入りすぎちゃったのかしら？）

Ｌｏｖｅｒはちょっとあわてて微笑み返した。

それからＭＩＫＩＴＯは何事もなかったように、ジャパンツアーでのパフォーマンスの話や、イヴァンが婚約者のために日本の高級ブティックを一軒丸々買い取った話、それと、カモが久しぶりに実家に帰ったら、知らない間に弟が生まれていた話などを、面白おかしくＬｏｖｅｒに話して聞かせた。

この日のディナーは、ＭＩＫＩＴＯの帰りを祝ってＬｏｖｅｒが腕をふるった。ＭＩＫＩＴＯは彼のチキンを切り分けてかわいいＬｏｖｅｒの口に運び、自分はワインを飲みながらとろけるような笑顔で彼女を見ていた。ステージでは絶対に見られない、ＬｏｖｅｒだけがしるＭＩＫＩＴＯがここにいた。

その後もＭＩＫＩＴＯは相変わらず愛するＬｏｖｅｒをひざに乗せ、スイングチェアのＨｏｎｅｙをあやしたりして、久々の我が家を満喫しているようだった。

Ｌｏｖｅｒも ＭＩＫＩＴＯのいるこの幸せに満足していたので、ジーナのことはしだいに考えないようになっていた。

次の日の夕方。アメリカの、とある都市にある白い建物の前にＭＩＫＩＴＯはひとりで立っていた。

ここは州立の大きな病院だった。昨夜遅く、ＭＩＫＩＴＯがジーナに久しぶりに連絡すると、彼女はここに入院していると告げた。

病室で、彼女は昔と変わらない明るい笑顔で彼を迎えてくれた。

ＭＩＫＩＴＯの成功を祝い、Ｌｏｖｅｒはかわいくて本当にいい子だとほめてくれた。二人の娘のＨｏｎｅｙはＭＩＫＩＴＯにそっくりだと言った。それから、ニュースで知ったあの事件のことも、陰ながら心を痛めていたが、見事に復活して彼女も誇らしいと言ってくれた。

そうして、「いやあね、明日は雨が降るそうよ」と言うのと同じくらいの調子

で、

「私は悪い病気にかかってもう長くは生きられないそうよ」

と言った。

ジーナはいつだってそうだった。ＭＩＫＩＴＯが怒っている時は、彼よりも怒ってこれから相手を殴りに行くと言う。ＭＩＫＩＴＯが辛い時は、彼が泣き止むまで一緒に泣いてくれる。

ジーナが辛い時は？

ＭＩＫＩＴＯは、

（ジナが辛い時、俺はどうすればいいのだろう？）

知らないことに今、気がついた。

「ジナ……」

ＭＩＫＩＴＯにだけゆるされたその呼び方で、彼女の名を呼ぶことしかできなかった。

ジーナのその後の人生は、ＭＩＫＩＴＯが思うような悲しみに満ちたものではなかった。誠実な男と結婚し、彼女はやさしい夫に愛された。子宝にこそ恵まれなかったが、彼女の周りにはいつもたくさんの友人がいて幸せだったと言った。献身的で誰からも愛され、頼りにされるジナらしいな、とＭＩＫＩＴＯは思った。

病院の前でしばらく立っていたＭＩＫＩＴＯは、もう一度ジーナの病室の窓を見あげた。

ジナはきっと窓から俺を見ているだろう、と思った。

「ＭＩＫＩＴＯ。私は大丈夫だから、早くＬｏｖｅｒのもとに帰りなさい」

彼女の声が聞こえる気がする。

（わかったよ。ジナ）

まもなく自分は、母を二度亡くすことになる。ＭＩＫＩＴＯは、病院の周りにはまだ人がいっぱいいるのに、流れる涙を止められなかった。

ＭＩＫＩＴＯは、このまま愛するＬｏｖｅｒの待つ家には帰れない気がしていた。だからイヴァンを誘った。

薄暗い店内、二人の男はカウンターに並んで座っていた。

ＭＩＫＩＴＯはグラスを上からつかむと前を向いたまま、

「ジナに会ったよ」

と、言った。

びっくりしたようにＭＩＫＩＴＯの横顔を見て、イヴァンは、

「ＭＩＫＩＴＯ、お前」

「それで、ジナ姉さんは元気だったのか？」

ときいた。

イヴァンもＭＩＫＩＴＯと同じ下積み時代に、彼のところへ行くたびにジーナの世話になった。もちろん、二人の仲も知っていた。

「……悪い病気らしい。もう長く生きられないんだ」

「俺はジナのことを忘れて自分の欲しいものばかり追い続けていた。あんなに俺に尽くしてくれたのに。俺は一人前になったって、ジナのために何もできないんだよ」

すすり泣くＭＩＫＩＴＯを目の前にして、さすがのイヴァンも何も言えなかった。

店のＢＧＭにイヴァンの弾くソロがかかっていた。「泣き」のギタープレイが一層彼らの深い悲しみを掻きたてた。

数日後、Ｌｏｖｅｒも白い建物の前にやって来た。そこはジーナが入院している大きな病院だった。大事な話があるから来てくれないかという電話を彼女からもらったのだった。それと、ＭＩＫＩＴＯにはＬｏｖｅｒから後で伝えてほしいと。

だからＬｏｖｅｒは今、たったひとりで病院の前に立っている。

Ｌｏｖｅｒは緊張していた。ひとりでここまでやって来たことも、ＭＩＫＩＴＯに内緒でジーナに会うことも、そしてこれから聞かされる大事な話のことも。

病室の戸をそっと開けて、ジーナに挨拶をした。

Ｌｏｖｅｒは、彼らの庭に咲いていたかわいい淡いオレンジ色の花に、かすみ草を合わせた花束を手渡した。ＭＩＫＩＴＯの好きな花は、たぶんきっとジーナも好きだろうとＬｏｖｅｒは思った。

「ありがとう。きれいなお花ね」

彼女は笑顔で受けとり、遠い昔を懐かしむようなやさしい目でその花を見た。

つい数日前に訪ねて来たジーナは、重い病気を患っているとは感じさせない、元気な姿だったが、今日は場所が病室ということもあってか、とても弱々しく見えた。しかし、明るい雰囲気はそのままで、あの親しげな笑顔が彼女よりずいぶん年下のＬｏｖｅｒに向けられた。

「ごめんなさいね。突然呼び出したりして。ちょっと私が急ぐものだから」

ジーナは明るく笑って言った。

「いいえ、私ももっとお話がしたいと思っていたんです」

Ｌｏｖｅｒは素直にそう答えた。すると、ジーナは納得したようにうなずいた。

「ＭＩＫＩＴＯが愛した人があなたでよかったわ。これで私は安心して逝けるもの」

「これは、ＭＩＫＩＴＯと一緒になる人が聞く話なのよ。Ｌｏｖｅｒ、あなたのことね。あなたは本物の天使だったんでしょう？」

Ｌｏｖｅｒの手をとってやさしく尋ねた。

Ｌｏｖｅｒは驚いて、

「まさか、あなたも天使だったの？　彼を愛して人間になったの？」

と思わずきいた。

「いいえ、私は人間よ。そうではなく、ずっと前にＭＩＫＩＴＯから聞いていたのよ。彼は私には隠し事はしないの。私はあの子の母親がわりだからね」

大人のジーナはそう言ってＬｏｖｅｒを安心させた。

「だから、私も生きている間に言っておかなくちゃ」

そして、本題に入った。

「これはＭＩＫＩＴＯのお父さんから聞いた話よ」

めったにＭＩＫＩＴＯと会うことのない彼の父親が、ある日たまたま、当時ＭＩＫＩＴＯが住んでいた自宅に戻って来て、ＭＩＫＩＴＯとジーナが一緒にいるところを見たのだった。それで二人の様子から、きっとジーナはＭＩＫＩＴＯの婚約者に違いないと思い、彼女にMIKITOの秘密について打ち明けたのだった。

MIKITOの父親は、息子には内緒でジーナを呼び出し、そして語った。自分は若い頃、天使のようにかわいい少女と恋に落ちて結婚したが、MIKITOを産んでしばらくして彼女は亡くなり、それからMIKITOを遠い親戚にあずけ、自分は世界を旅しながら絵を描いていると。実はMIKITOの亡くなった母親、すなわち自分の妻は空から遣わされた天使だったと。彼女は自分と愛し合って堕天使となり、数年は人間として彼のもとで幸せにくらしたが、体が弱かった上に限られた命となってしまった妻は、とうとう愛した夫と幼いMIKITOを残してこの世を去ったのだと。だからMIKITOは天使の子どもだと言った。

彼の父親はジーナを息子の婚約者で一生を共にする相手だと思いこんでいたので、こんな話をして、息子のことを彼女に頼んだのだ。

「あの子には天使の姿が見えるんだ。たとえ天使が自らその姿を消していてもね。MIKITOは天使から生まれた子どもだから。だから、いつか天使と出会って私のように辛い恋をするかも知れない。もし、天使を愛してしまったら、きっとどちらも不幸になってしまう。天使の彼女は自分のせいで空に帰れなくなる。もし、彼女を空に帰してしまったら、もう二度と会えないんだ。そればかりか記憶もなくしてしまうんだよ。私の妻は人間として亡くなったが、時々、彼女は私をおいて空に帰ったんじゃないかと思うんだ。だけど、私たちは本当に心から愛し合っていたから、たとえ記憶をなくしていても、もう一度出会えたら、また二人は恋に落ちるだろう。だから私は今も世界中を探しまわって絵を描いているんだよ。いつか彼女がまた空からやって来て、どこかで私の絵を見たら、二人の愛を思い出して私を訪ねて来てくれるかも知れない、そう思ってね。息子のMIKITOには、私のような辛い思いをしてほしくないんだ。君が人間の女性で本当によかったよ、これで安心だ。どうかかわいそうなあの子のそばに、ずっといてやってくれないか?」

MIKITOの絵描きの父親は、哀れな魂を抱いた放浪者だった。

ジーナは長い話を終えると疲れてベッドにもたれかかった。彼女は少しの間息苦しそうにしていたが、また、Ｌｏｖｅｒの方を向いて彼女に語りかけた。

「だからＭＩＫＩＴＯにはあなたの姿が見えたのね。たとえあなたが姿を消していても、天使の子どもにはちゃんと見えるのよ。あなたのかわいいベビーもそうでしょ？　そうしてあなたたちは出会ったの。ＭＩＫＩＴＯのお父さんは不幸になると言ったけれど、あなたたちは乗り越えていくのよ。ＭＩＫＩＴＯはどんなことがあってもあなたを守り抜くわ。あの子はそういう子なの、決して離しはしないから。あなたのこともこうして会ってみてわかったわ。かわいくてやさしくて、でもそれだけじゃない。あなたはとても強い人だわ。永遠の命を捨ててまで彼について行こうと決めたんだから。いいわね？　きっと幸せになるのよ」

そしてジーナは、黙って彼女の話を聞いていたＬｏｖｅｒの顔を、両手で包んでやさしい、やさしい笑顔をみせた。

（ＭＩＫＩＴＯにそっくりだわ。まるでＭＩＫＩＴＯのお母さんみたい）

もうこの笑顔を見られないのかと思うと、知り合ってばかりのＬｏｖｅｒでさえ涙があふれてくる。Ｌｏｖｅｒは彼女に抱きついてこう言った。

「私もジナ姉さんって呼んでいいかしら？」

ジーナはＬｏｖｅｒの、今にも涙がこぼれそうな目を見てまたうなずいた。

（この子なら大丈夫。ＭＩＫＩＴＯ、幸せにね）

ジーナは、彼女のかわいいＭＩＫＩＴＯをやさしいＬｏｖｅｒに任せて、もう思い残すことはなかった。

Ｌｏｖｅｒはこれから、ＭＩＫＩＴＯの待つ家に帰って、ジーナに会い、彼女から聞かされた彼の父親と彼自身の秘密についてＭＩＫＩＴＯに話すことになる。

Ｌｏｖｅｒは日が暮れる前に家に着いた。彼女は小さなバッグ以外、何も荷物を持っていなかったが、心がとても重かった。

今日はＭＩＫＩＴＯが家にいて、Ｈｏｎｅｙの面倒をみていた。

Ｌｏｖｅｒがひとりで外出すると言ったので、ＭＩＫＩＴＯは「どこへ行くの？俺もついて行こうか？」と、とても心配してくれた。Ｌｏｖｅｒは、彼の不在中まったく家の外へ出なかったから、ひとりでゆっくり買い物に行きたいと嘘をついた。彼はそれでもかわいい妻を心配したが、一日中Ｈｏｎｅｙの世話をしている彼女を思いやって、「早く帰っておいで。でないと俺が寂しいだろう？」と言って承知してくれた。

やさしいママを取り合う以外はとても仲良しの父と娘は、テラスルームで昼寝中だった。横に並んだ二人の寝顔は、細かいところがよく似ている。Ｈｏｎｅｙは女の子だし、Ｌｏｖｅｒにそっくりなのだが、ところどころにＭＩＫＩＴＯのパーツが確かに存在している。

赤ちゃんが生まれたら、よく両親が競って自分に似ているところを探して自慢するものだが、Ｈｏｎｅｙもまた、パパとママにそんな喜びをもたらす二人の子どもであった。

ＬｏｖｅｒはＭＩＫＩＴＯが寝ていたので、ほっとしたのと同時に気が抜けて座りこんだ。病院から帰る途中、ずっとどうやってジーナから聞いた話を伝えようかと考えていたからだ。

少しして、ＭＩＫＩＴＯが起きて来た。Ｌｏｖｅｒを後ろから抱きしめて、

「お帰り、Ｌｏｖｅｒ。帰って来たなら起こしてくれたらよかったのに」

とやさしく右の頬にキスをした。

思案中のＬｏｖｅｒはそれまでまったく気付かなかったので、びっくりしてＭＩＫＩＴＯを見あげた。

そこには、夕暮れに向かう太陽を背にして、まるで大きな背中にあたたかい光を背負っているようなＭＩＫＩＴＯが立っていた。夕陽を背にしているからどんな顔をしているのか、彼女には見えない。だけど、きっといつものやさしい、やさしい笑顔にきまっている。

Ｌｏｖｅｒは、こんなふうに彼がいつも自分のそばにいてくれることがありがたくて、ただありがたくて、涙があふれてきた。

「ジナ姉さんが、ジナ姉さんが……」

Ｌｏｖｅｒがその時に言えたのは、たったこれだけだった。

ＭＩＫＩＴＯにはＬｏｖｅｒの様子から、なんとなく彼女の嘘がわかっていた。Ｌｏｖｅｒはいくら子守りが大変だったからといって、ひとりで買い物になんか行きたがらない。いつだって彼女は自分の腕にぶら下がって、小さな子どもがお菓子をおねだりするように一緒に買い物するのが好きな女の子だったから。

ＭＩＫＩＴＯは話す前から泣いてしまったＬｏｖｅｒをなぐさめるように、自分のひざに乗せて落ち着かせた。それから、

「ジナに会ったんだね？」

と、やさしくきいた。

彼女が家に訪ねて来た以上、いずれはＬｏｖｅｒにもジーナという存在について話さなければならないと思っていた。しかし、ジーナの病気のことが気がかりで、それについては後回しになっていた。

「ジナは俺の恋人だったんだ。もう長く生きられないから俺に会いに来たんだよ」

ＭＩＫＩＴＯは、残酷すぎるぐらいそのままＬｏｖｅｒに打ち明けた。しかし、Ｌｏｖｅｒは彼がごまかさずにはっきりと言ってくれてよかったと思った。でなければ、これからＭＩＫＩＴＯに聞かせるジーナの話を言い出せそうにない。

Ｌｏｖｅｒはやっと話し出した。

「ジナ姉さんは昔、ＭＩＫＩＴＯのお父様と会っていたの。その時の話を私が聞くべきだと言って。それで今日ね、病院に呼ばれたの。嘘をついてごめんなさい

ね」

Ｌｏｖｅｒは MＩＫＩＴＯの胸に顔をあずけるようにして寄りかかって話している。ここには二人の幸せがいっぱい詰まっているから大丈夫。そんな気がするのだった。

（俺の父さん？　ジナと何の関係があるんだろう？）

ＭＩＫＩＴＯが知っている彼の父親は、今も世界中のあちこちで絵を描いている画家であった。ＭＩＫＩＴＯは画家の息子である。

LOVE DOLL のファーストアルバム、その名も『LOVE DOLL』のジャケットは、Ｌｏｖｅｒのアップを MＩＫＩＴＯがデッサンしたものだった。

それは彼女にキスする直前の、Ｌｏｖｅｒのつかの間の表情を描いたもので、ＭＩＫＩＴＯだけが知っているＬｏｖｅｒの顔だった。びっくりしたような、戸惑うような、あどけない可愛らしさがとても好評で、およそヘヴィメタルとは縁の遠い彼らの音楽を知らない人でさえ、美しいジャケットに釣られ買いをしてしまったと話題になったほどだ。ヘヴィメタルのジャケットはグロテスクなデザインのものが結構多いので、ＭＩＫＩＴＯの試みはとても新鮮だった。

ＭＩＫＩＴＯはミュージシャンになったが、画家になってもその才能を発揮しただろうと言われた。Ｌｏｖｅｒの男性ファンなら、このジャケットを手に、その可愛らしい唇に必ずキスをすると聞いて、ＭＩＫＩＴＯはやめておけばよかったと後悔したものだ。

ＭＩＫＩＴＯの芸術的な才能は、父親ゆずりであった。

彼の父は若くして結婚したが、母はＭＩＫＩＴＯがまだ幼い頃に亡くなった。それから父は世界中を、絵を描きながらさまよい歩いていた。だから、ＭＩＫＩＴＯはほとんど父に会ったことがない。父の描く絵は売れているらしいから、遠い親戚に息子を任せて仕送りだけはきちんとしていた。

まるで、自分を残して空に帰ってしまった天使を探して、世界中を訪ねまわっているような、そんな人生を送っている。

それからＬｏｖｅｒは、ジーナが彼女に言っていたとおり、そのまま伝わるように、なるべく言葉を変えないでＭＩＫＩＴＯにすべてを話した。

Ｌｏｖｅｒは長い、長い話を終えた。途中で何度も涙をこぼした。そのたびに、黙って聞いていたＭＩＫＩＴＯは彼女の涙をぬぐい、髪をなでた。決して話を急かしはしなかった。

愛するＬｏｖｅｒはどれほどの思いで、ジーナからこの話を受けとったのだろう？　ＭＩＫＩＴＯと愛し合う人の役目とはいえ、彼女も母と同じ天使だったのに。

ＭＩＫＩＴＯはやさしいＬｏｖｅｒのことがかわいそうでならなかった。

こうしてＭＩＫＩＴＯは自分の両親の悲恋の結末を知り、同時に自分が天使の子どもであることを受け入れた。

そしてＭＩＫＩＴＯとＬｏｖｅｒの不思議な出会いに隠されていた真実がやっと明らかになった。

やがて空全体が黄色くなって、人が一日のうちで一番哀しい時間が訪れた。

いとしい人の美しい顔が夕陽に染まる。深い橙色の背景の中から、Ｌｏｖｅｒの体が浮かびあがるように見えている。ＭＩＫＩＴＯは幾度となく、Ｌｏｖｅｒ

のことを美しいと思ったが、この時は、ああ、やっぱりＬｏｖｅｒは天使なんだな、と思った。

ＭＩＫＩＴＯには、母が地上で亡くなるのを見届けてもなお、天使の妻は空に帰ったのではないか？　と世界中を探しまわっている父の気持ちが痛いほどよくわかる。自分もＬｏｖｅｒと結ばれるまで、彼女が突然姿を消してしまうことを恐れていたから。その後だってかつて彼女が天使であったことを思い出す時は、今でもその恐怖におそわれる。

堕天使は自らその罪を償ったと神が見なした時、空に帰ることがゆるされる。いずれにせよ、彼女の運命は天が握っている。だから、二人は永遠に別離の不安から逃れることはできない。

もしそうなったら、自分も父と同じ運命をたどることになる。

Ｌｏｖｅｒを失うぐらいなら死んだ方がマシだ。だけど、母が天使だったなら、自分は天使の子どもだから、Ｌｏｖｅｒとずっと一緒にいられるのかも知れない。

そう思うと心が少し軽くなった。

父の思いに反して、すでに大人の男のＭＩＫＩＴＯにとって、自分が何者であるかより、愛する人とこの幸せを守り抜くことの方がはるかに大切であった。

「父さんと母さんは俺たちのようにとても愛し合っていたんだな。母さんが天使だったおかげで俺はＬｏｖｅｒにめぐり会えたんだ。母さんに感謝しなくちゃ」

ＭＩＫＩＴＯは、まだ泣いているＬｏｖｅｒに素直な気持ちを伝えた。彼の本心だし、かわいいＬｏｖｅｒにこれ以上辛い思いをさせたくなかった。

Ｌｏｖｅｒは、ただＭＩＫＩＴＯのそばにいたかったから守護神になって地上にやって来たが、はからずも彼と出会ってしまったために二人の運命は始まった。それがＭＩＫＩＴＯの人生を狂わせてしまうかも知れないと自分を責めているのだろう。彼の音楽のことも、あの事件のことも、Ｌｏｖｅｒの幼い恋心が招いたことだったから。そして愛する彼にまで背負わせてしまった、永遠に続く、いつ来るかも知れない別離の不安。そのことがやさしいＬｏｖｅｒをさらに苦しめた。

ＭＩＫＩＴＯは、彼女が自分のところへ来てくれて、そして二人が愛し合って、どんなに幸せだったか、彼のまごころを伝えたいと思っていた。

「だからＬｏｖｅｒも笑ってくれよ。お前も俺のことが好きだろう？」

ＭＩＫＩＴＯがやさしい顔をうんと近付けて、泣いた子どもをあやすように微笑んだ。するとその時、Ｌｏｖｅｒの方から小さな両手でＭＩＫＩＴＯの顔を包んで彼の唇にキスをした。

おそらく初めてのことだった。

美しい二人はそのまま愛し合った。自分たちの運命を受け入れて、ただひたすらに愛を誓った。

ＭＩＫＩＴＯはＬｏｖｅｒを真下に見下ろした。彼は顔を少し斜めにしておだやかにきいた。

「いいかい？」

Ｌｏｖｅｒはまっすぐ彼を見つめ返しコクン、とうなずいて目を閉じた。

ＭＩＫＩＴＯは、唇で彼女の唇を被ってゆっくり体重をかけた。Ｌｏｖｅｒが身動きできないように、そしてすべての悲しみからＬｏｖｅｒをかばうように、自分の体の下に彼女を留めておきたかった。

Ｌｏｖｅｒは ＭＩＫＩＴＯにそうされて、息ができなくて、苦しくて、そして幸せだった。このままＭＩＫＩＴＯの深い愛に沈んでいこう。そしてすべてを捧げたら、もうそのまま壊れてしまいたかった。

「Ｌｏｖｅｒは、ＭＩＫＩＴＯのもの、なのね？」

苦しくて気が遠くなる。だけど、Ｌｏｖｅｒは彼のあの言葉が欲しかった。

ＭＩＫＩＴＯは、

「そうさ、お前は俺のものだ」

かすれる声で言った。それから、

「俺はお前のものだ」

と言って突然起きあがり、激しく彼女を抱き寄せた。

Ｌｏｖｅｒの髪が甘く香った。

ＭＩＫＩＴＯは目を閉じて、

「Ｌｏｖｅｒを殺してしまいそうだったよ」

そうつぶやいた。それから、彼女の瞳をのぞきこんで哀しく笑ってみせた。

そしてそのまま小さなかわいい顔を両手で包み、もう一度口づけた。

Ｌｏｖｅｒは ＭＩＫＩＴＯの胸にもたれかかり目を閉じた。愛する人に命さえもゆだねて幸福だった。

「いいのよ、それでも」

熱い胸に頰と手のひらをあて、かわいい声で彼に甘えた。

（どうせＭＩＫＩＴＯがいなければ私は生きられないのだから）

そして二人はふたたび重なって、彼女は彼が求めるままに愛を尽くした。


「ねえＭＩＫＩＴＯ。愛してるわ」

かわいいＬｏｖｅｒはまた泣き出した。

だからＭＩＫＩＴＯはＬｏｖｅｒを腕の中に抱いたまま、あの音楽室のピアノで作った歌を歌った。

「Please stay by my side……」

ＭＩＫＩＴＯとＬｏｖｅｒは長い、長い間、二人だけの世界から帰ってこなかった。

それからまもなくして、ＭＩＫＩＴＯのところにジーナの訃報が届いた。

知らせを受けとったＭＩＫＩＴＯは落ち着いていた。そして、

「Ｌｏｖｅｒ……。すまないが、今夜だけ、ジナのために泣かせてくれないか？明日からは大事なお前の夫に戻るから。決してよそ見はしないから」

静かにそう言って、部屋の扉を閉めたまま、一晩中出てこなかった。

音楽がいつもより大きな音で彼の部屋からもれてきこえてきた。

きっとＬｏｖｅｒの愛するＭＩＫＩＴＯは声をあげて泣いているのだろう。母を失った子どものように。

Ｌｏｖｅｒはその日初めて、人間には愛する人でさえ埋められない悲しみがあることを知った。彼女もかわいいＨｏｎｅｙを抱きながら、やさしいジナ姉さんのために泣いて一夜を過ごした。

そうして季節が何度か入れかわり、数か月が経った。

ＭＩＫＩＴＯとＬｏｖｅｒは、Ｈｏｎｅｙを連れて彼の父親に会いに行くため、

アメリカのある空港に来ていた。

父は、一晩中太陽が沈まない国にいるという。彼は、夜が来ないから天使は空に帰れないと思っているらしい。

ＭＩＫＩＴＯは、天使の子どもの自分が天使の女を愛し、子どもも授かって幸せにくらしていることを父に伝えたかった。

「父さん。母さんは父さんに愛されて幸せだったんだ。父さんを忘れて空に帰ったんじゃないよ」と言って、哀れな父の心を解き放してやりたかった。

ＬｏｖｅｒとＨｏｎｅｙはこれから空に近いところを飛ぶのではしゃいでいた。

愛するＬｏｖｅｒはＭＩＫＩＴＯのとなりで、

「私たち三人とも、空が故郷なのね」

と、懐かしそうな目をしてジェット機が離陸するのを待っていた。

ＭＩＫＩＴＯはＬｏｖｅｒの手を固く握った。何があってもこの手を離しはしない、そう思っていた。

やがて三人を乗せたジェット機はアメリカを飛び立ち、数時間後に海と空の間で消息を絶った。

この大事故によって、世界中が驚き悲しんだ。救助された人、亡くなった人、それぞれの身元が判明し、事故原因の追及が始まった。しかし、未だに三人だけ、安否のわからない搭乗者があった。世界的ロックシンガーのMIKITOとその家族であった。とうとう行方不明のまま、捜索は打ち切られた。

ある者は、三人は奇跡的に助かって無人島でくらし、そこで作曲をしているのではないか？　と考えた。またある者は、そもそもあのジェット機には搭乗せずに無事でどこかにいるのではないか？　と思った。誰もがこの広い世界を探しまわってでも、彼らが地上のどこかにまだいるのではないかという希望を捨てられなかった。

世界中の人びとが、偉大なミュージシャンのために悲しんだ。あの歌声はもうきけないのか？　あの姿を見ることはできないのか？　永遠に失われてしまった美しい彼のことを心から悼んだ。ＭＩＫＩＴＯの愛妻と愛娘であるかわいいＬｏｖｅｒとＨｏｎｅｙにも、同様に深い悲しみが捧げられた。

そして世界中が大きな喪失感に包まれた。

RE-BIRTHのギタリスト、イヴァンは、ＭＩＫＩＴＯとＬｏｖｅｒのためにトリビュートアルバムを制作すると発表した。世界中の偉大なアーティストたちがイヴァンに共鳴し、彼のもとにぞくぞくと集まった。

ずっと前にイヴァンがＬｏｖｅｒに言われたことが現実となった。まさかこんな形で。

世間にはそう言ったが、イヴァンは、Ｌｏｖｅｒは本物の天使ではないかと思うことがあったから、きっとＭＩＫＩＴＯとＨｏｎｅｙを連れて空に里帰りをしに行っただけだと思いたかった。

そのうち、

「イヴァン、この曲はどうだ？　ライヴのオープニングにふさわしいだろう？　お前、ソロばっかり弾くなよ、ヴォーカルが暇じゃねぇか？」

こう言って、ソウルメイトのＭＩＫＩＴＯが、自分と音楽をしに帰って来る。

彼もまたそう信じたかった。

そうして、ＭＩＫＩＴＯとＬｏｖｅｒはかわいいＨｏｎｅｙを連れて故郷の空に帰り、永遠に愛し合うことがゆるされた。

PLEASE STAY BY MY SIDE

MIKITO

瞳に浮かぶその哀しみを俺に任せてくれないか
心に潜むその苦しみを俺に負わせてくれないか
だから
俺のそばにいてくれないか
Please stay by my side……
お前を守らせてくれないか
お前を愛したことを俺の生きた証しとしよう

ああ、愛しても愛しきれない愛しい人
お前を深く沈めてしまいたい
ああ、尽くしても尽くしきれない恋しい人
そばにいるにはどうすればいい？
答えるんだ
とっくに覚悟はできているさ
お前に誓ったあの時からだ
たった一輪咲く花に
俺のすべてを捧げよう

だから
俺のそばにいてくれないか
Please stay by my side……
お前を守らせてくれないか
お前を愛したことを俺の生きた証しとしよう

The Curtain Call「カモのたから箱」

「さて、俺のエンジェルにおやすみのキスを送って、俺ももう寝るかな。あばよ」

イヴァンは部屋を出て行った。

それで自動的に今夜の打ち合わせは終了だ。

明日はいよいよRE-BIRTHのジャパンツアー最終日。僕たちは有終の美を飾ってまもなく凱旋するんだ。といっても、僕はほんの数曲をプレイさせてもらっただけだけど。

やっぱり今夜もMIKITOさんは最高にカッコよかった。彼はファンの心をわしづかみにしてとうとう返さなかった。「次はいつ会えるの?」みんな、束縛をきらう恋人と離ればなれになるような、せつない気分で帰って行った。今度も必ず彼を見に来ようと誓って。

男女問わず、気の毒な彼らは今夜からしばらく廃人となる。

あ、僕も自分の部屋に戻らなきゃ、MIKITOさんがゆっくり休めない。

MIKITOさんは薄暗い壁際のソファーで、男らしく足を組んでいる。僕は明かりを落として出て行こうとした。

その時、光と影が入り混じる奥の方から、たくましい彫刻のような男は手招き

した。まるで丸い地球を下から軽く支えるように、右の手のひらを上に向けて。そして、

「おい、もっとこっちに来いよ」

そのままスローを歌い出すようなやわらかな声がした。

何？　なんなの？　ＭＩＫＩＴＯさん。どういうつもり？　Ｌｏｖｅｒに会えなくて寂しいからって、いくらなんでも……。

だけど、この人には逆らえない。そう、僕はほんの少しだけ、距離を縮めた。

「カモよ。俺はなぜお前を近くに置いているんだろうな。お前より腕のいいベーシストなんか腐るほどいるし、マネージャーだって、もう少しマシな奴に変えてもよさそうなものなのによ」

まるで獲物を捕らえた猛獣が、こいつをどうやって楽しもうかな？　と思いをめぐらせているような表情で僕を見た。と、思う。部屋が暗かったからそんな気がしただけかも知れないけど。

大切なのは、世界的スターのＭＩＫＩＴＯさんが僕の話をしているということ。

今、彼は僕のことを思っている、というわけなんだ。

「俺に弟がいたら、お前みたいな存在だったのかもな」

そう言って、フッと笑った。砂金が舞い、花がこぼれるようだ。

「お前は不本意かも知れないが、とにかく俺にとってお前はＬｏｖｅｒ同様、放っておけないタイプの人間なんだろうよ」

そこで長い足を組みかえてから、またＭＩＫＩＴＯさんは言った。

「人間には、俺やイヴァンのように強い個性を持って生まれたために、思うがままにしか生きられない奴がいる。一方、Ｌｏｖｅｒのように頼りなげで誰かから守られてやっと生きる子もいる。一見、俺とＬｏｖｅｒは強者と弱者のように見えるが、実はそうじゃないんだ。守る側の俺にとっては、彼女の存在自体が俺の生きる原動力だし、この子のためにもっと強い男でありたいと思うようになる。そのうちにすっかり心を支配されてしまうんだ。たとえ彼女は指一本動かさなくても、あいつの望みを叶えてやろうと俺は必死に命を懸けるのさ。そして、やがて運命さえも共にすることになる。これが歌詞によく出てくる『Sweet Surrender』ってやつだな。俺はいつだってＬｏｖｅｒの愛をえるために、白旗をふって降参するしかないんだよ。フン、『Sweet Surrender』か。だがな、これが俺にとっては極上のサウンドなのさ」


その後、端正な顔を少し傾けて僕の目を見てこう言ったんだ。

「お前もそういう女に出会えよ」

そうして、MIKITOさんはたくましい腕を伸ばして僕の頭をつかんで、ぎゅっと髪を引っ張った。

MIKITOさんは、愛する人にだけ見せるやさしい、やさしい笑顔を、その夜は弟の僕にも分けてくれたんだ。


僕たちは生きていると、自分が本当に生きたと実感できる瞬間を味わうことが確かにある。だけど長い人生の中ですら、それらの時間を全部合わせたとしても、たった数分にしかならないらしい。人はずいぶん哀しい生き物なんだな。もしそうだとしたら、この瞬間こそが僕にとってはそれに値する。

MIKITOさんと同じ時代に生まれ合わせて、今この人のこんな近くにいられる奇跡を神様に感謝しよう。

そして、これから先、僕は何度この夜の出来事を、記憶から取り出してはながめることになるのだろう？

僕たちは明日、帰路に就く。

ＭＩＫＩＴＯさんがいとしのＬｏｖｅｒに会えるのは、もうまもなくだ。

妄想LIVE!!

2020年2月27日　初版第1刷発行

著　者　佐々木よう
発行所　ブイツーソリューション
〒466-0848 名古屋市昭和区長戸町4-40
TEL：052-799-7391 / FAX：052-799-7984
発売元　星雲社（共同出版社・流通責任出版社）
〒112-0005 東京都文京区水道1-3-30
TEL：03-3868-3275 / FAX：03-3868-6588
印刷所　藤原印刷

ISBN978-4-434-27181-6